U0419476

班主任婚姻爱情100篇千字妙文

婚姻爱情

大夏

大夏书系·全国中小学班主任培训用书

张万祥 主编

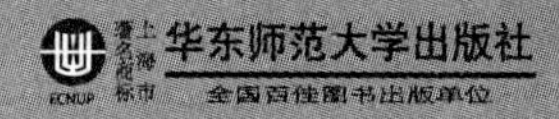

目　录

第一辑　初恋似蜜　爱情如花

第二辑　伉俪情深　琴瑟和鸣

第三辑　缠绵悱恻　享受浪漫

第四辑 平淡如水 痴情无限

第五辑 水乳交融 相濡以沫

第八辑 闯过关隘 玫瑰花开

第一辑

初恋似蜜　爱情如花

※漫漫人生路上，在某一个时刻，她遇到他，从此，他们一路同行；在某一个路口，他牵住她的手，从此再也不会放开。从此，相互扶持，彼此守护。也许，平平淡淡，也许，普普通通，但他们在这样的生活里，用心体会着且行且珍惜的幸福。

※是教育事业这根“红线”牵着我们走进伊甸园，让我们尽情地享受鲜花的醇香，享受爱情的甜蜜。热爱事业可以创造缘分，也可以创造爱情的传奇。

一“辩”钟情

那虽是一次与爱情毫不相干的辩论，却神奇地结下了我和老伴儿的姻缘。

师范刚毕业时，我被分配到家乡的一所初中教课，并担任班主任。刚上班一个月，作为学校的新教师，我被派往县里参加一次教学培训。

主讲教师说课时设计的一个教学环节是向水面投一块石子产生波纹，由波纹的形状引出圆的概念。研讨时，我“初生牛犊不怕虎”，率先发言：“这样的情境创设不够科学，因为石子是不规则的，它与水面接触的一刹那受力也是不均匀的，因此产生的波纹不一定是圆的。”我的话音刚落，一位年轻女老师站了起来，脸涨得通红，声音清脆：“我认为，情境创设在于激发学生的学习兴趣，在于给新旧知识架设一道桥梁，而不在于是否直接揭示了事物的本质属性。”

伶牙俐齿，好厉害！

年轻气盛的我不甘示弱，使出浑身解数，又搬出了一些理论依据，可哪知，对方更是引经据典，毫不相让。霎时，研讨变成了以我们两个为代表的“两派”的辩论，没机会发言的老师乱嚷了起来，双方各持己见，争得面红耳赤。

晚上，我躺在床上，不免有些后悔。同一个问题，有不同的看法是正常的，辩论也没错，理越辩越明，但何必情绪那么激动，得理不饶人？心想：明天得找那位女老师解释一下。接着，我想好了自己认为最得体的话，然后想马上入睡，调整一下，明天要让人家看到一个不一样的我。可不知为什么，那清脆的声音总在耳边回响，那张涨红的脸也总在眼前晃动，就这样一直响着、晃着……梦中，她横刀立马，口若悬河，我也是全副武装，慷慨陈词。双方先是唇枪舌剑，然后是一场厮杀……我惊出一身冷汗，翻身坐起，嘴里喊着“不怕你，不怕你”。同伴被惊醒了，问我：“怎么了？”我这时才真正从梦中醒来，嘴里说“没事，没事”，可心跳却突然加快。莫非这就是感觉？

吃过早饭，我刚要去找她，人家却先找上门来了。她人刚站在门口，声音已飞了过来：“刘老师，你好。”话音还是那么清脆，与昨天不同的是，通红的脸变成了略带羞涩的粉红的脸。昨天没顾得细看，那大大的眼睛，得体的衣着，干练的举止，一下子让我惊呆了，简直是女神！这次，倒是我的脸涨得通红了，想好的话早飞到九霄云外去了，嘴里词不达意地说着“对不起，对不起……”与昨天辩论时的侃侃而谈判若两人。我的窘态把她逗笑了，她笑起来的样子更是楚楚动人，突然，她脸上泛起了一片红晕，几步跑到了门外，飘过来一句话：“以后请你多帮助。”

那以后，我们鸿雁传书，谈天说地。

再以后，我们谈情说爱，海誓山盟。

到后来，我们结婚生子，相濡以沫。

……

一“辩”钟情，我们爱情的传奇！

【点点思雨】

爱情真的需要缘分。俗话说：“千里姻缘一线牵。”有缘人不经意间就会擦出爱情的火花，无缘人有心有意却可能擦肩而过。茫茫人海中，在一个特殊的场合相遇，以一种特殊的方式交流，这种爱情似乎有些传奇，但实际上是源于我们所共同热爱的事业——带着职业的烙印，因为对事业的执著而“兵戎相见”，又为了恪守职业操守而“冰雪消融”。是教育事业这根“红线”牵着我们走进伊甸园，让我们尽情地享受鲜花的醇香，享受爱情的甜蜜。热爱事业可以创造缘分，也可以创造爱情的传奇。

（刘振远　河北省承德市特殊教育学校）

“织女”骗得“煮夫”归

闲来无事收拾旧衣物，忽然就看见了那件压在箱底的旧毛衣。这是一件手织的毛衣，淡绿的颜色，简单的花型，如果那几条微微凸起的线条也算花型的话。

思绪一下回到了十多年前。那时，我刚刚认识我的爱人。

那个冬天有点冷，刚刚恋爱的我突发奇想，想要给他织一件毛衣。虽然以前自己也曾试着编织，但编织的只不过是手套、袜子一类的小东西，而且大多是以四不像的形状而告终。如织毛衣之类“浩大的工程”，我是从未实践过。当时大概是被爱情冲昏了头脑，一定要付诸行动，好像毛衣就是考验我们爱情的唯一标准。

于是，下了班我就猫在宿舍织毛衣，甚至放弃了和女伴逛街的时间，气得她们大骂我重色轻友。我也顾不得那么多了，一心一意织毛衣，真的像个织女似的，织得专注而虔诚。

两个星期之后，抽出最后一根针，绾上最后一截线，赶在第一场雪到来之前，毛衣终于完工了。针脚平整，绵柔软和。当他无限感动地把毛衣套在身上时，我不禁惊呆了——大小正合适。而我完全是凭着估量的尺寸织出来的呀！那一刻，我觉得自己简直就是前途无量的天才织女。

又一个飘着雪花的冬日，我做了他的新娘。

婚后，爱人的衣柜逐渐被买来的各式羊毛衫填满，其中也不乏所谓的名牌。这些羊毛衫比起我当年织的毛衣更轻薄，更柔软，更暖和，他很快就不再穿我给他织的毛衣了。

随着新衣服的增多，家里的柜子渐渐装不下了，衣满为患。于是有一天，我拿起这件毛衣，对爱人说，送人吧，反正留着也没有用了。

“不！留着吧！它可藏着我们的爱情呢！”没想到爱人竟然一口回绝了。

我怔了一下，脑子里竟然又浮现出几个有关的细节。

以后的日子，我又有过几次织毛衣的经历。一次是给我自己织，但是领子怎么也织不匀称，后来是在一位编织高手的帮助下才完了工。怀孕的日子，也曾给未出生的宝宝织毛衣，但是孩子出生后怎么也穿不上——毛衣太瘦了。自从给他织完那件毛衣之后，我再也没有给谁织出过合身的毛衣来。

那件毛衣是我织的第一件，也是最后一件合身的毛衣。自此，我的织女生涯戛然而止。

也许是我的毛衣感动了老公，婚后的日子里，老公心甘情愿地常年奋战在厨房第一线，而且乐此不疲，成了名副其实的“煮夫”。这些年，我的班主任工作一直做得顺风顺水，这里面“煮夫”功不可没啊！每当我自己感到不好意思，笨手笨脚地想去帮忙时，他总是一句话：“别碍事了，看你的书去吧！”我巴不得老公把我扫地出门（厨房门），赶紧躲到一旁优哉游哉地读我的书去。

只有一件伟大作品的“织女”却骗来了一个名副其实的“煮夫”，细想想，这辈子，值了！

【点点思雨】

爱情的保鲜要靠珍视对方的付出，我爱人珍视着我给他织的毛衣，而我也钟爱着他做的美食，并且人前人后夸赞不已。我的毛衣成了绝版，而他的“煮夫”生涯却远远没有结束。好在他越做越勇，乐此不疲。我织的毛衣中，渗进了爱，而他那一碗一盘精心制作的饭食中，又何尝没有浸润着他对我和孩子无限的关心与怜爱呢？只要心中有爱，婚姻就不会是爱情的坟墓，而是爱情生活的延伸。只要爱时用心，柴米油盐的平淡日子也会散发出万般清香。

（李艳丽　河南省濮阳市江汉路华龙区高中）

“齐天大剩”的爱情

一个有知识、有思想的未婚男青年，要是没有心仪的女孩，便是件怪事；一个有理想、有事业、风华正茂的未婚男青年，要是没有被妙龄女子看上，便是个“奇迹”。而我，在婚姻问题上，偏偏就是个“奇迹”——我竟一再难得女孩子的芳心。

刚参加工作时，是谈婚论嫁的“旺季”，有好心人接二连三地给我说媒，可我看上的，人家看不上我；看上我的，我又看不上人家。一个朋友的父亲见了我，二话不说，拿着卷尺就量我的身高，结果，叹口气说：“差两厘米，差两厘米……”后来我才知道是女方父母托他说媒，要求身高必须一米七五。后来又有人给我说媒，刨根问底，像审犯人，又像在古罗马市场上挑拣奴隶似的挑拣我。

此后再有人给我说媒，我便以不着急为由谢绝了。我专心当我的班主任，专心教学，以“书中自有颜如玉”自勉，全身心地跟我的学生们“混”在一起，一干就是四年。结果，我当上了优秀班主任，以优异的成绩创造了我校中考历史上的奇迹，却对于自己渐渐要成为婚姻的“齐天大剩”全然不觉。直到有一天，发觉同宿舍里四五个光棍儿陆陆续续出双入对，跟我一个锅里吃饭的饭友与我“分家”，月上柳梢头的夜晚，宿舍里就我一个人独守空房时，我才感到了孤独的可怕。同事“知难而退”了，没人再给我说媒；亲朋好友怕我“受刺激”，谁也不敢轻易碰触我那根敏感的神经。我唱着《快乐的单身汉》，可谁知道我心里的凄凉！

有心栽花花不开，无心插柳柳成荫。这年冬天，我因一场小病住进了医院。负责给我打针的苏护士态度和蔼，扎针水平高，说话轻柔，人也勤快。我顿时对她产生了好感，言语中得知我们还是老乡。闲来无事，我就翻看带来的杂志，苏护士很客气、很礼貌地问我能否借给她看。“当然可以！”我爽快地答应。从此，我手头的杂志越来越多，她借的次数也越来越多。一来二去，我们谈杂志，谈文章，直至谈到了各自的理想，发现彼此心有灵犀。

有一天，我把西装上的一个扣子拽下来，然后走进值班室，问苏护士有没有针线借我缝个扣子，她说有。当我拿着针线要走的时候，她说：“我给你缝吧。”我没推辞，就让她贴着我的前胸飞针走线。临了，她用牙咬线头的时候，我都能听得清她的呼吸声。我何曾受过这种“贴心”的待遇！不觉心跳加速，飘飘然起来……

出院的时候，我送给她几本杂志，感谢她几天来对我的照顾，并试探性地问：“以后我可不可以再给你送杂志？”她说：“好啊，就是太麻烦你了。”送过几次之后，我精选了两本崭新的杂志送给了她，一本是《追求》，一本是《女友》……

结果，老乡成了我的老婆。

【点点思雨】

佛家有言，前世五百次的回眸，换得今世一次的擦肩而过。爱，可能没有理由；不爱，肯定有原因。有缘千里来相会，无缘对面不相识。十年修得同船渡，百年修得共枕眠。爱情是两情相悦的事，是有缘人心灵碰撞出的火花，很多时候是可遇而不可求的。

（王新国　山东省泰安市宁阳第二中学）

家教情缘

他是我的大学同学，同级，同系，但不同班。虽然在学校时有过碰面，但真正相识，却是在校外。

那天，我去武胜路新华书店门口寻家教工作。一下车，便看到他站在书店台阶的左侧，面前放着一张A4纸，上面写着四个大字——华师家教，纸上还压着一本薄薄的华师学生证。

看见他的那一瞬间，我想转身便逃。虽说跟他同系不同班，但也算半个同学，在这种场合，遇见同学总会有点不好意思。可转念一想：自己来都来了，不能空跑这一趟。于是，我在离他很远的地方，摆了个“小摊”。

还好没有被他发现，可是也没有找到合适的家教。回去的路上，我郁郁寡欢，坐在摇晃的公交车上想心事：为了我们姐弟俩上学，父母背井离乡卖苦力，可家里依然一穷二白，债台高筑。我到大学报到的前几天，父母勉强给我借了一点生活费……

忽然，我感觉有人在拍我的肩膀，回头一望，竟是他。他朝我一笑，说了句：“这么巧，在这儿碰见你。”我勉强朝他挤了一个笑容，算是打招呼。他又问我：“你今天出来玩？”我的脸刷地红了，像做贼被抓住了一般，支支吾吾了半天。

他告诉我，他今天是出来寻家教工作的，可惜没有找到合适的。见他这般坦诚，我也不再隐瞒什么，坦率地告诉他，其实，我今天也是专门出来寻家教工作的。他一听就笑了，声音很大。“刚才问你，你还支支吾吾，咱们大学生出来做家教又不是什么丑事。”他接着说：“做家教既可以锻炼自己，还可以帮助别人提高成绩，又可以赚点钱，为家里减轻一些负担，何乐而不为？”

过了几天，我居然接到了他的电话，他准备再去武胜路新华书店寻家教工作，问我要不要一起去。我哪有不去的理由。此后，我们又结伴去了两三次，分别找到了三份家教。此后的双休日，我的生活被家教工作填得满满的，虽然很辛苦，但自己的生活费毕竟有了着落，偶尔还能给远在家乡求学的弟弟寄上一两百元。自从找到家教后，我在校园里很难碰见他，他仿佛从人间蒸发了一般。

再次见到他，是在学校的食堂，我们都在排队打饭，他刚好排在我后面，我们自然而然地坐到了同一张餐桌前。吃饭的时候，免不了闲聊几句。我问他："最近在忙什么？"他说："就忙两件事，周六周日忙家教工作，周一到周五忙学习。"我不由得抿着嘴笑，他的生活和我的生活简直一模一样。他又说："无论如何，学习才是我们的主业，不能因为做家教，耽误了自己的学习，那就得不偿失了！"末了，他告诉我，学校图书馆的自习室环境很好，很安静，学习之余，还可以上网。自那以后，我们常在图书馆的自习室里"不期而遇"。

不久，我们恋爱了。大学毕业后，我们结婚了。如今，我们幸福地生活在一起，还拥有了一个宝贝女儿。

【点点思雨】

张爱玲说："于千万人之中，遇见你所想遇见的人，于千万年之中，时间的无涯的荒野里，没有早一步，也没有晚一步，刚好就赶上了，没有别的话可说，唯有轻轻地问一声：噢，你也在这里吗？"一次寻家教途中的普通遇见，一句轻轻的问候，一次寻常的对话，竟然成就了一桩美好的姻缘。相识容易相爱难，相爱容易相处难。在两个人的相处中，难免会出现各种摩擦，遭遇各种困境，夫妻双方应懂得适度宽容，相互扶持，共同守护我们的爱情之树。

（冯华荣　浙江省宁波市镇海区澥浦中学）

我挑水来你浇园

岁月悠悠，如一杯清茶，慢慢地品尝、回味，那丝丝苦味中透着一丝丝的甜意。

由于他家庭条件差，人又其貌不扬，因此，我父母坚决反对我与他的婚事。由于我的固执，我的执著，我的不懈，终于在19年前的腊月，我们走到了一起，开始了清苦的耕读生活。

为了节省开支，我俩向农户借来他们闲置的土地，开荒种菜。阳春三月，我们来到地头。他用铁锹一锹一锹地把土翻过来，整成一垄一垄，而我则去挑来肥水一瓢一瓢地浇到地里。他再把土翻过来，把菜地整平。放置一周后，我们买来种子，他把种子握在手里，在一次又一次的扬手中，种子均匀地撒到地里，而我挑来水，用一个废碗把水从左到右呈弧线形泼洒开去，犹如一片透亮的水布。每天下班或吃过晚饭，我俩都会到菜地去逛逛，看那些种子发芽、长叶，看那藤蔓爬上架，看花儿葳蕤孕小果……心中自然是一阵欣喜。

双休日时，我又一次挑水，他来浇园。我俩一边劳作，一边聊天。他给我讲了他小时候饿了只能吃芝麻叶，一整天只啃几块年糕的故事；上学时盼了一周，却只是盼来萝卜咸菜和一锅野菜汤，中间的那一碗白饭是他身患重病的父亲的；他上小学时每天都要到山林里去砍柴，四五岁就去放牛，常因个子小，双手抓不住捆在牛身上的稻草绳而从牛背上摔下来……

真切的经历让他很早就感受到了生活的艰辛。同在农村，我却从没受过这些罪，因为不会挑水，经常被村里人取笑，挑那臭气熏天的肥水，更是大姑娘上轿——头一回。我没有一句怨言，反而乐呵呵的。

他那充满笑意的双眼后隐藏着丝丝歉意。他常叫我歇歇，为我擦擦汗珠。小小的菜园成了我俩心中的乐园。

春来，绿油油的韭菜，紫莹莹的茄子花，黄灿灿的黄瓜花，雪白的瓠子花……；夏来，圆灯笼般的西红柿，细长的黄瓜，长长的豆角，凹凸不平的苦瓜，又厚又软的空心菜……；秋来，红彤彤的辣椒，嫩绿的生菜，滚圆的土豆……；冬来，甜甜的菜薹，胖嘟嘟的大萝卜，傲雪的菠菜……

我俩像照看孩子般照看着这些蔬菜，看着它们一个个发芽，一点点长大。它们就像刚出生的娃娃，一天一个样。我俩为它们除除草，捉捉虫，扶扶苗，浇浇水，整整枝，搭搭架……在不断地触摸中，感受它们带给我俩的快乐。在这片菜园里，洒满了一地汗水，充满了欢声笑语。

我满怀着喜悦把它们摘回家，洗干净，他负责做成一道道香气四溢的佳肴，配上白花花的米饭，端上桌。我笑盈盈地边吃边看着他，不时为他夹菜，他也会把那最嫩的、最可口的夹给我。或许这是只有我俩才能明白的幸福吧！——你耕田来我织布，我挑水来你浇园，夫妻恩爱苦也甜。

【点点思雨】

我们在一起已相守了19年。那匆匆而过的19个春秋，有太多的风雨在记忆中挥之不去。静下心来默想，往事历历在目。当初为了爱，我们冲破重重阻碍走到一起。虽然清苦，虽然辛苦，但是因为有爱，心里始终是甜甜的。我们彼此理解，相互扶持，一路走来磕磕绊绊，却始终不离不弃。正如夫君所言：我觉得我俩早就融为了一体。执子之手，与子偕老，这是人生中最幸福的事。一生如此，夫复何求！

（高　英　湖北省武汉市吴家山第三小学）

花若开，蝶自来

婚姻是一种缘分，有缘自会相守。

2011 年，我带着无限的惆怅来到全县最偏僻的农村初中任教，这个连吃水都困难的地方，找对象就更别提了。我的到来让很多老教师叹息：“找对象是一个大问题！”何尝不是呀？我想，还是努力工作，让自己尽快成为一名优秀的老师，再考虑对象问题吧。

第二年招考，成绩全县第一名的她也被分配到这所学校。面对这里的一切，她不禁失声痛哭。最初一段时间里，她把自己关在屋子里，除了上课不再与任何人交流。这期间为她介绍对象的人很多，对方大多都是在县城上班的，而且背景都不错，如果她同意，就可以尽快地离开这里。出乎意料的是，她都拒绝了。暂短的消沉过后，她又拿起书本，开始准备参加自学考试。因为我也一直参与自学考试，我们便有了更多的共同语言。课余时间，我们常常在一起交流学习情况，探讨学生的教育问题。闲暇时刻我们便一起去散步，谈人生、谈理想。这时的她，不再是别人眼中高傲、娇气的城里姑娘。虽然我对她心存好感，但是我明白，我不能给她想要的幸福。最起码，我没有能力让她离开这个偏僻的小山村，更没有能力买房子。于是，我开始故意远离她，但内心却越来越不平静。

又是一个周末，我拒绝了她一起回县城的邀请，决定回老家看看。没想到她竟笑着说：“那我们就一起去你家？”她的热情让我更为难。去老家的路很难走，需要骑三个多小时的自行车。我心里嘀咕着。她似乎看出了我的心思，“走吧，等什么？”一路颠簸，尘土飞扬，她紧紧地抓住我的衣襟。经过农户家，那只狂奔而来的狗吓得她眼泪都流出来了。回到家已经是晚上八点多了，她太累了，还没有等吃饭就睡着了。半夜里，那只讨厌的猫钻进了她的被窝，吓得她大声喊叫，不敢合上眼睛。

我一直以为，这也许是我们最后一次交往，但她的态度不仅没有改变反而更加坚定。我们在所有人的反对声中走进了婚姻的殿堂，婚后的日子异常艰难。妻子一改往日“大小姐”的个性，开始精心谋划生活。她勤俭节约，多少年没有给自己买过一件像样的衣服、一件像样的首饰，但却一如既往地支持我坚持学习，凡是学习上的开支无条件满足。我开始了两年的离职进修学习，并开始尝试写文章。

日子就在她的精心操持下有了改观，我们有了属于自己的房子、车子、宝宝。由于工作业绩突出，我被上级部门评为“教学能手”“课改标兵”，我的文章频频在各报纸、杂志上发表，也顺利进入市级重点中学任教。

夜深人静时，妻子就像一只小鸟依偎在我的身旁，我经常逗她：“你真傻，怎么会看上我？”

她笑着说：“我看中的是你的人品和那种不服输、积极上进的精神，婚姻就是一种缘分！”

是呀，婚姻是一种缘分，缘是花，分是蝶，花若开，蝶自来！

【点点思雨】

婚姻需要有一定的物质条件作基础，但这并不是婚姻的先决条件，如果两个人真心相爱，便会克服一切困难。其实，婚姻的成败并不取决于物质条件的优越与否，真爱的心，一同为家而努力，相互理解和包容，一切困难都可以克服。任何人其实都是百花园中的一朵小花，是在寂静中凋谢，还是绚丽绽放？这一切取决于自己的努力。不断提升自己，让自己成为百花之中绚丽的绽放者，自然就有蝶儿寻觅而来！花蝶相映，会让春天更美，让婚姻更和谐。

（杨宏杰　甘肃省庆阳市第五中学）

爱情变奏曲

我这个人成熟得比较晚。你可能不相信，上师范时期，我根本不知道什么是谈恋爱。毕业之际，班上有的同学谈成了恋爱，我感到很奇怪："咦！我为什么从没见过他们谈恋爱？"参加工作之后，我自然也会碰到恋爱的问题。我的爱情变奏曲也开始奏响。

第一变奏：爱情第二

参加工作的最初三年，我不满足于现状，并且力求改变现状，集中精力追求事业和学业，坚决拒绝谈恋爱！我当时在日记本的扉页上写道："计划稳步奔明天，安于现状岂是咱？"当时，学区校长和主任、学校校长和同事，还有其他亲朋好友，都托人说媒，介绍他们的女儿、妹妹或熟人给我，我都一概谢绝！即使身边有自己比较心仪的女性，我也会克制自己的情感，避免走入恋爱的"禁区"。当时的我把事业放在第一位，爱情只能屈居第二。

第二变奏：爱情第一

工作三年以后，我考上了教育学院学习深造。这时候，我觉得应该谈恋爱了，于是我把爱情放在第一位，在紧张学习的同时，积极地寻找自己的另一半。先后有几位女性走入了我的生活，让我初步感受到了恋爱的甜蜜和幸福。但是我发现在自己新的工作单位确定之前，恋爱的时机是不成熟的。于是，在教育学院学习的后期，我再次拒绝恋爱。

教育学院毕业之后，我被分配到师范学校任教。工作单位确定了，恋爱的时机已经成熟。这时，我遇到了我的妻子，一位来自教师家庭的女性。我妻子的父母都是老师，母亲是小学教师，父亲是中专教师，和我在一个单位。我很快娶妻生子，相“妇”教子，享受天伦之乐。可以说，在师范学校任教期间，爱情在我的生活中上升到了第一位。

第三变奏：爱情第二

后来，我校由师范学校改为实验中学。我以空前的热情投入到班主任和学科教学工作中，并积极投身教育科研，取得了令自己自豪的成绩，先后获得了临沂市教学能手、临沂市“沂蒙名师”、山东省特级教师等荣誉，并相继取得了一级教师、高级教师、正高级教师等职称。十几年来，我发表了大量的论文和随笔，甚至还著书立说。可以说，在实验中学任教时期，我是事业第一，爱情第二的。

这就是我的爱情变奏曲，在曲调的变换中，我既收获了甜蜜的爱情，也收获了崇高的事业，实现了事业和爱情双丰收。我觉得，幸福的、有价值的人生，不能没有爱情，也不能没有事业。在甜蜜爱情基础上的事业，才是最美的事业；在崇高事业追求下的爱情，才是最甜蜜的爱情！

【点点思雨】

一天，有位老乡见到我，问：“听说你有一句名言，叫做‘爱情第一，事业第二’？”我反问：“你是从哪里听说的？”他回答：“是听你的学生说的。”不错，我曾经告诉过学生：“参加工作以后，要抓紧解决个人婚姻问题，把爱情放在第一位，不要为了事业冷落了爱情。”爱情与事业，到底孰轻孰重？我觉得，有的时期，爱情是应该处于第一位的，这样方能为幸福人生奠定基础。但是，从长远看，应该把事业放在第一位，这样方能凸显生命的意义和价值。

（王有鹏　山东省临沂实验中学）

镌刻在心底的那些花儿

那片笑声让我想起我的那些花儿
在我生命的每个角落静静为我开着
我曾以为我会永远守在她身旁
今天我们已经离去在人海茫茫
她们都老了吧？
她们在哪里呀？
幸运的是我曾陪她们开放……

那些花儿是记忆里珍贵的碎片，像被风吹散的蒲公英一样，在 2013 年的最后一天一一飘落。翻看以前的一张张明信片，看着那稚嫩的笔迹逐渐变得成熟，心里很温暖。是的，我的青春，他来过。我是如此庆幸，在一生中最美好的时光里，一直有他平实而坚定的陪伴。

第一次收到异性的礼物是在 1994 年元旦，我读初一。那时的中学生流行互赠新年贺卡，坐在我后排的那个男生送我卡片，还专门为我手工叠了一个紫色的心形的包，用黄线吊起来，很漂亮。他很聪明，课上课下都很活跃，常常逗得我和同桌哈哈大笑。

1997 年元旦，高一，一个邻班的男生在楼道口叫住我，他从班里拿出卡片，说："给你。"那天同学聚会上，他唱了郃正宵的《心要让你听见》。他的嗓音有些沙哑，却使歌声更深情。逛超市偶然听到这首老歌，回忆像潮水般蔓延，我又一次想起那个高高瘦瘦的男生，心里莫名的感动。印象中，他爱打篮球，成绩很好，勤奋努力，我一直不甘心，想超过他。

2000 年，大二，我开始了人生中的第一场恋爱。他高大，清瘦，沉默而内敛，纵使他在千里之外的另一所大学，我仍然爱得投入而认真。两个纯洁如白纸的男生女生，不知道怎样去理解对方，常常互相伤害。一直觉得那场爱情耗尽了我一生的力气，以至于后来没有了能力去爱别人。元旦前他寄来一张卡片，写着"我爱你！"我却大哭一场。因为小女生的虚荣，我一直期待的是浪漫的礼物，而不是一张纸。现在想来，那张漂亮的卡片本身就是一种浪漫。

2003年，大学毕业。这时我才知道，大学时两地的爱情太辛苦，在同一所城市互相关心的感觉真好。男朋友挣到第一笔工资后带我爬山，元旦时他把我们爬山时的一张合影做成了两个水晶桌摆，照片上的我笑得很灿烂，这个礼物让我很惊喜。

2006年，我们结婚。人们都说男人分两种，玫瑰花型和牛肉面型，他是标准的后者。元旦时，他寄了张单位的明信片给我，我哈哈大笑。他常常会拍拍自己的肚子说，又大了。我已经过了迷恋篮球场上瘦瘦的男生的年龄，他微胖，却让人踏实。

2009年，我做了妈妈，宝宝是一个纽带，把两个人的幸福变成了三个人的幸福。大冷的天老公去商场，打电话问我要什么牌子的眼霜和洗面奶。那是他送给我的新年礼物，回来自己却冻感冒了。我很感动，原来这才是我想要的生活。

在静静的夜里，那些花儿会像电影般一幕幕地放映，我会莫名地感伤，然后微笑，青春岁月里那些难忘的人、难忘的事，让我的内心温暖充实。

2013年的最后一天，我送给老公一张小小的卡片，上面写着："谢谢你这么多年的陪伴！我很幸福，因为有你！"

其实，老公就是我1994年时认识的那个小男孩，我们看着彼此慢慢长大，那些花儿，都和他有关……

【点点思雨】

漫漫人生路上，在某一个时刻，她遇到他，从此，他们一路同行；在某一个路口，他牵住她的手，从此再也不会放开。从此，相互扶持，彼此守护。也许，平平淡淡，也许，普普通通，但他们在这样的生活里，用心体会着且行且珍惜的幸福。

人生最美好的情感就是“爱”与“珍惜”，虽然所有轰轰烈烈的爱情最终都会走向平实，但是能在最好的年华遇到心仪的他，而他也同时钟情于你，还有什么比这更美好呢！

（王彦明　河北省石家庄市第 42 中学）

第二辑

伉俪情深　琴瑟和鸣

※在漫漫人生路上，你我彼此相伴相依，彼此牵挂关爱，我们拥有最温暖、最惬意、最畅快、最美好的生活。

※爱情绝非单纯的男欢女爱、卿卿我我，而是两人相知相交的默契和牵挂；婚姻也不是简单的组建家庭、生儿育女，而是两人相濡以沫的担当和互助。

说明：任传述与甘小琴是夫妻，李波与刘姿爽是夫妻，董彦旭与何峥是夫妻，张国东与郭华云是夫妻。

“咀嚼”爱情

那年，我们一起去看望哥哥。车行驶在因为修包茂高速而被弄得支离破碎的210国道上，人被抖得七荤八素。晚上十点，经过12个小时的颠簸，汽车进入了秦岭深处。你终于没抵住疲惫的侵袭，依偎着我进入了梦乡。我的胳膊慢慢发酸，但是我不能动，我必须让你有足够的休息时间来补充体力，以便对付明天更艰难的山路。

那是怎样的山路啊！路在山脊上蜿蜒，仰视山脊，陡峭得让人“两股战战”。山脊坡度近70度，只不过草木掩盖了它的真面目。说是羊肠小道，绝对不夸张。沙砾土壤，随时可能滑倒，让人防不胜防。听当地人说，就是壮劳力也得走近三个小时方能到达我们的目的地。不能说是“走”，只能算作“爬”。面对如此陡峭的山路，我想不出除了“爬”以外，还有什么方式能走得更稳。为了你的安全，我让你在前面“爬”，我在后面“爬”，这样我不但可以在后面推着你，而且当你没“爬”稳的时候，我还可以搂住你，保护你。我们就这样一路“爬”着，“爬”得气喘吁吁，“爬”得汗流浃背，“爬”得四肢无力。

秦岭山中的天气比四川的变脸变得还要快。当我们正爬得筋疲力尽时，天空突然乌云密布，紧接着，鹌鹑蛋大小的冰雹不期而至，我们赶紧躲在大树底下，但是仍有冰雹打在身上，生疼生疼的。我快速地脱下衣服，撑在你的头上，却忘了我自己也处在危险之中。你一把拉过我，与我共同撑起衣服。那一刻，冰雹在我们面前跳起了欢快的舞蹈。

山路对你来说处处是危险，你不小心把脚扭伤了。几天后，我们下山，而且必须在中午时分到达山脚，否则就赶不上去西安的汽车。可你还一瘸一拐的，没办法，我一急，背起你就走，尽管你有十二分的不愿意。经验告诉我，只要脚下稍微一滑，我们有可能都会摔倒。于是，我背着你，小心翼翼地，时慢时紧地或走或跑（下坡路有时跑着反而不容易滑到）。

“不好，我们得快点下山。下雨了。”

“哪里下雨了！傻瓜！”原来是你哭了。

“咦，好端端的，你怎么哭了？脚疼得厉害？”

“心疼得厉害！”

“在背上搁着心口了？那我走慢点。”

“你真傻得可爱！我心疼你啊！”你说，“我真没用！走个路都能把脚崴了。”

“哎呀！吓死我了！没啥，我在农村时经常背比你更重的东西上坡下坎的，也不觉得累。”

“还不累。你看，你浑身都是汗水。”

“能背着媳妇儿下山，那是我的福气！哪能累呢！嘿嘿！我都赶上‘天蓬元帅’了！”

“这么累，还贫嘴！你啊！”

“坐稳了，媳妇儿。‘老猪’我又要启程了！”

【点点思雨】

在文学作品里，婚姻爱情是“山无陵，江水为竭，冬雷震震，夏雨雪，天地合，乃敢与君绝！”这样的爱情是感天动地的，是神圣的。但是，在现实生活中，特别是在如我一样的普通人的生活中，婚姻爱情则并非如此。它是会心的微笑，是赞许的眼神，是替爱人拭去额头的汗水，是上坡下坎时彼此的搀扶……总之，它很平常，平常得就像空气，让你几乎感觉不到它的存在。但是只要你用心“咀嚼”，它又无处不在，而且还韵味十足。再平凡的生活，也会因为爱情的滋润而丰富多彩。

（任传述　陕西省府谷县第三中学）

谢谢你，亲爱的

结婚 16 年了，我们一起走南闯北，你用乐观和奉献经营出我们现在温馨的家。在那些艰苦而又幸福的日子里，我一直很享受你对我的宠爱。但我好像从未对你说过谢谢。现在，我真的很想对你说：谢谢你，亲爱的。

亲爱的，谢谢你的力量。

1997 的夏天，我们结婚了，那是真正的“裸婚”，没房、没车（连自行车也没有）、没存款，甚至为了节省，连婚礼也没有。当时，我真是有点担心我们的未来，但是你用有力的大手拉着我说：“有我在，面包会有的！”两年后，我们有了自己的小房子，有了一点小票子，还有了可爱的小孩子。说实话，当时如果没有你的乐观，我都不知道路在何方。

亲爱的，谢谢你的担当。

2001 年，我弟弟考上了华中科技大学，但是每年一万多元的费用，让我身在农村的爸妈无计可施。没想到你勇敢地承担起了供弟弟上学的重任。要知道，那是你一年的工资啊！你却乐呵呵地坚持了四年。还常常自我抒怀：“为国家培养大学生，我骄傲啊！”

亲爱的，谢谢你的宠爱。

还记得那次寒假我从兰州回敦煌吗？西北的寒夜是滴水成冰啊！尽管我把自己包裹得只露出两只眼睛，可当我凌晨三点走出火车站时，那刺骨的寒冷仍然一下子刺透了我的身体，让我顿时缩小了一半。但是，我万万没想到，你担心我被冻着，竟然包了一辆出租车亲自到 200 多公里外的柳园火车站来接我。亲爱的，你知道吗？当我看见你时，一股暖流霎时充溢着我全身，我哪里还能感觉到冷呢！我只觉得我是世界上最幸福最受宠爱的女人。

亲爱的，谢谢你的辛劳。

2003年，我们一起来到了现在的学校工作。这是一所新建成的学校，初来乍到，不要说亲戚，连个熟人也没有。和以前相比，我们的生活落差很大，那段日子，我总觉得我尝到了古人被发配到蛮荒之地的况味。又是你那句“面包会有的”，支撑我度过了艰难的岁月。你深知，我爱教书，只有忘我地工作才会让我以苦为乐。我跨年级带三个班的英语，还兼任班主任，并且年年坚守着高三毕业班的阵地，压力之大、任务之重可想而知。你毫无怨言，家务教学一肩挑，全力支持的我的教学工作。你的支持使我可以全身心地投入工作中，也因此取得了优异的成绩，我被评为“榆林市师德标兵”“榆林市首届好教师”，并在2010年当选为榆林市人大代表……

亲爱的，16年来你为我付出了全部，而我只道出了点滴。但是，我知道你对我的爱还会一如既往。

有夫如此，此生何求！

【点点思雨】

这个世界上更多的是普通人，普通人的生活中更多的是波澜不惊的琐事。但当我们用心品味那些琐事时，就能感知其中的韵味，那就是人与人之间扯不断的情愫。亲爱的，你我之间的情愫，就像一片温柔轻拂的流云之于蓝天，一朵幽香阵阵的鲜花之于微风，一条轻轻摆动的水草之于河流。在漫漫人生路上，你我彼此相伴相依，彼此牵挂关爱，我们拥有最温暖、最惬意、最畅快、最美好的生活。我有什么理由不谢谢你呢，亲爱的！

（甘小琴　陕西省府谷县第三中学）

我的影子我的妻

妻子于我既是同学又是同事，更是人生伴侣，是我今生不离不弃的影子。

我和妻子曾是高中同班同学，我们都是学习上的佼佼者。我喜欢她活泼大方、聪颖过人，她喜欢我正直热情、开朗幽默。面对她有意无意的表露，我却始终没有捅破那层窗户纸。那时，考上大学就等于端上了铁饭碗，我是城镇户口，高考失败还可以当个小工人；她家在农村，考不上大学就得回家耕田嫁人。我不想耽误她的前程，只能在学习上与她暗暗较劲。我们你追我赶，互相勉励，取长补短，然而每次考试我总是屈居于她之后。看她一脸得意地坏笑，我是又恨又爱——丫头，看我将来怎么“灭”了你。最终，我们俩都金榜题名，我总分还超过了她，总算保住了一点男子汉的小脸面。可说句良心话，要不是她倾力帮我复习英语，胜负还真不好说。

机缘巧合，我们考上了同一所师专，我学中文，她学英语。那时教师待遇低，找对象难，我有几位老师都是靠闯关东才娶到媳妇，而且大多数娶了农家姑娘。“机不可失，时不再来。”看她愈加成熟可爱、妙不可言，我拿出了“舍我其谁”的勇气，断然发起了潮水般的爱情攻势。开始人家不理我，最后终于抵挡不住了，故作无奈地说：“要不是看在老同学的面子上可怜你，我才不理你是干什么的呢！”我笑着反击说：“你得了吧，我要是早‘君子好逑’的话，你可就考不上大学啦！”从此，我们边求学边恋爱，相互勉励，共同进步，一起享受美好充实的大学时光。

毕业后我们被分配到同一所高中，有情人终成眷属。但我们并没有沉迷于个人感情放纵自我，而是以极大的热情投身到了教育教学中，把自己的青春年华挥洒在家乡的沃土上。

多年来，在单位，我们是同事，有时因意见相左争得面红耳赤，有时又因看法一致而击掌相庆。我们曾一起获得过县优质课一等奖，成了教学能手；曾一起送走了七八届学生，被表彰为市、县优秀班主任；还一齐成为省骨干教师，评上了高级职称。现在的我们，可谓桃李满园，事业有成。

生活中，我们是夫妻，相互扶持，共度人生。工作之余，我们是对方的开心果。“波波，觉悟越来越低了，想攒私房钱吗？赶紧把刚发的值班补助上交！以后别等着催啊！”乖乖，不知哪路神仙走漏了风声。

“老婆，你怎么还不洗碗呢，作为家庭主妇总得有点道德操守吧？”“男女平等，我和你工资一样多，要不我辞职你养活我们娘俩成不？”“得了，我洗我洗，你是咱家摇钱树还不成吗？”

十年修得同船渡，百年修得共枕眠，我爱你，我生命中的影子。

【点点思雨】

“黄金易得，知己难求。”我总在想，芸芸众生，为何我单单选定了她，她也看中了我。其实，爱情绝非单纯的男欢女爱、卿卿我我，而是两人相知相交的默契和牵挂；婚姻也不是简单的组建家庭、生儿育女，而是两人相濡以沫的担当和互助。有了爱的支撑，婚姻和家庭里才会少了抱怨、贪婪、自私和争吵，多了宽容、奉献、关怀和理解。

（李　波　山东省淄博市桓台二中）

今生今世跟定了你

当初我和老公谈恋爱时，全家都反对。爸爸说，老师待遇低，俩人都当老师，男的肯定没出息。哥哥说，当教师又苦又累，你就和他断了吧。

可我态度很坚决，这辈子就跟定他了。穷富不论，我觉得有他在身边心里踏实。我不喜欢天天甜言蜜语的男人，因为生活除了浪漫，更多的是踏踏实实地过日子。

闺蜜们到家里来玩，进门就说："刘姐，你家里怎么没烟味呢？不像俺家让那口子弄得到处乌烟瘴气，俺也跟着减寿。"我总是自豪地说："俺老公属于环保型的。"老公不但不吸烟，还注意锻炼身体，是校教工足球队的主力。看他那掌控中场的潇洒和气魄，我都为他骄傲。虽说他有时也喝点酒，但看他和球友们为中国队进球而举杯畅饮的高兴劲，我都觉得痛快。这才叫男人！

"老婆，这件衣服太花哨，不适合你教师的身份。""老婆，这条长裙不错，显得你雍容典雅。"……天下的男人们最怕陪老婆逛商场，但我老公只要有空，总会陪我去逛商场。他说女人如花，趁着年轻穿得漂亮些，做丈夫的也跟着沾光。我带着这么个形影不离的鉴赏家看衣服，还这么热情有品位，连商场里的服务员都说真是难得，夸我这辈子好福气。

"老婆，今天给你做鱼吃！"老公又要给我露两手了。一盘色香味俱佳的醋熘鱼很快端上来了，令人垂涎欲滴。老公从小独立生活能力强，甭说做菜，就连馒头都蒸得像模像样。自从嫁了他我可沾光了，无论什么菜品，他总能整出点花样给我带来惊喜。过去我不喜欢吃的辣椒、香菜、海鲜等现在都爱吃了。耳濡目染，时间一长我也学会了做菜。女同事们凑在一起都说："在家里我们都是做饭的命，你倒好，找了个免费大厨师。"其实，她们还不知道呢，我老公的衣服从来不用我洗。老公说：“你也当班主任，怪累的，还得回家照看孩子，我怎么还好意思摆大男子主义呢。”这话说得我心里暖暖的，找这样的男人过日子，靠谱！

最难得的是他有孝心。我哥哥因病去世后，父母觉得没了依靠，很长时间走不出来。老公每到周末总是先陪我回家去看他们，一进家门就嘘寒问暖，不是放钱就是放东西，从来不空手，还要到厨房里去看缺不缺鱼肉鸡蛋之类的。父母彻底改变了对女婿的看法，看着他们绽开的笑颜，我对老公充满了感激。

其实，老公也不缺浪漫。晚上散步，瞅瞅周围无人，他就拉着我的手同行，还戏言：“这里没有学生，暂时不用为人师表，找找当初恋爱的感觉。”我俩结婚满18年的那天，他拿着一束百合送给我，嘴里念叨着：“18，18，要发要发。”我嘴上埋怨他乱花钱，其实心里美着呢。

老公就是我的潜力股，今生今世我跟定了你。

【点点思雨】

同为教师，又都是班主任，工作强度高，压力大，日常辛劳可想而知。但只要内心有阳光，世界就会温暖如春。工作愈是辛劳，家人间的相互扶持、呵护就显得愈加重要。“福由心生”，心才是幸福的根。夫妻间经常互相按按腿、捏捏脚，一起散散步、跳跳舞，一起唠唠嗑、串串门，“一枝一叶总关情”，家庭生活中的点点滴滴都值得我们细细品味、咀嚼。正是这些小小的快乐和温馨，才让我们得以感受爱情的忠贞、亲情的美好，才能得到人间真爱的滋润。

（刘姿爽　山东省淄博市桓台第二中学）

情恋睦南玫瑰园

十多年了，我总是忘不了那片玫瑰园。

我刚到天津任教时正值7月，在陌生的城市、陌生的环境中，偶然间，我发现了睦南道上的那片玫瑰园。在夏日骄阳的映照下，草色嫩绿，漫漫铺去，像柔软的地毯，一直铺到公园的围墙边。姹紫嫣红的玫瑰正开得娇艳，在四周绿树的掩映下，泛着熠熠光彩。这宜人的景色，恬静的气氛，让我离别故土的孤独的心得到了许多的慰藉。

这片玫瑰园之所以令我难以忘怀，最重要的是因为这美丽的花园见证了我与妻子相恋、携手的过程。

那时，我刚刚参加工作，囊中羞涩，便常常与妻子约会在玫瑰园。我常常提前半个小时就坐在那里等。有时，我会拿着她的信，一遍遍地读，一遍遍地品，让玫瑰园默默地分享着我的喜悦；有时，我会对着玫瑰发呆，然后写一些诸如《雨霖铃·赠恋人》的爱情词话：

“恋人婀娜。娴而慧女，许我作婆。家贫屋小无钱，仍依恋，浓浓情意。加鞭快马从教，弯弯一道辙。常忆起，辛酸往事，苦中求乐心胸阔。”

“持家爱岗亦蹉跎。更何况，教育需雕琢。今日加班几点，教室里，声音如锣。出早归晚，爱生如子，金牌勇夺。永愿伊，青春常在，做育人楷模。”

有时，我还会摆上精心准备的晚餐，想象着妻子狼吞虎咽的样子；更多的时候，我更愿意静静地等待着，目不转睛地盯着园门口，享受着妻子的身影出现时的那一刻的惊喜。

在这清幽的玫瑰园中，我最喜欢看那夕阳西下时的红彤彤的云彩，就像妻子飘动的头巾；我最喜欢感受那高大的柳树枝叶间氤氲的清馨，就像妻子迷人的气息。玫瑰园，让我感受到爱情是一首一尘不染的诗，一幅美丽纯净的画，一支悠扬婉转的歌。

我们常常在玫瑰园里漫步，谈人生愿望，说工作苦恼。那青青的小路、淡淡的花香、甜甜的阳光，那悠悠的鸟鸣和细细的微风，都会给我们柔柔的情谊和深深的感悟，让我们体会到爱情的缤纷和甜蜜。我们有时也会在月夜里坐在玫瑰园中，什么也不说，只是静静地看着天上的月亮或星星。

我曾在玫瑰园里见过一对鸟儿，双双啼鸣，亲亲交颈，就像情侣呢喃。我看得双目潮湿思绪万千。我常跟妻子说到这对鸟儿，我们就像那对鸟儿一样，在一起听风听雨，欣赏这玫瑰之清韵，树木之挺拔，或是欣赏人间清幽中这对鸟儿的爱意。

昔日岁月，已成梦幻。但这梦是美丽的，就像水中的月影，足以让我想起妻子年轻时眼神，那眼神就像是雨后柳叶上亮亮的水珠，就像是鸟儿交颈时彼此眷恋的神态。

玫瑰园，我爱情的沃土。

【点点思雨】

爱情，在每个人生命中都是一个不朽的传奇，都会留下许多永恒的故事。这传奇中常常有着恩爱姻缘的佳话，这故事里也往往有着情意绵绵的情节。也许，我们生得平凡，没有轰轰烈烈的经历，但玫瑰园里的花香竹韵，让我们的爱情在淡雅怡然的岁月中浸润出最沁人心脾的清香。在相知的岁月里，我们的爱情虽没有惊天动地的感动，却拥有心底最深处的牵挂；在相恋的光阴中，我们的爱情虽没有海誓山盟的约定，却饱含着相濡以沫的温情。

（董彦旭　天津市实验中学）

装满爱的家庭银行

我的爱人在大学毕业后，千里迢迢只身来到天津工作，自己租了一间小房子，过着清贫甚至有些拮据的日子。

克服了重重阻力，我们终于走进了婚礼的殿堂。新婚第一天，老公把一个大大的储钱罐推到我面前，说："我们两个人分别开两家'爱情发展银行'和'爱情建设银行'，存款条件为每人每天晚上反思一下自己一天的生活，如果感觉过得愉快，就分别往各自的'银行'里投一颗折纸爱心；如果感觉当天过得不愉快，就不投折纸爱心。一年后，我们开罐检查，如果谁的'银行'里爱心在300颗以上，证明谁对这一年的婚姻生活是非常满意的；如果谁的'银行'爱心在250至300颗，则说明我们还有许多改进的地方；如果谁的'银行'爱心在250颗以下，那么，另一位就需要好好反思了！虽然我现在不能给你物质上的最高享受，但我绝对能让你成为幸福的富翁。"望着老公诚挚坚定的目光，我使劲地点了点头。

按照老公的规则，我们每天都雷打不动地总结一天的生活，决定是否往"家庭银行"里投爱心。老公担心平时没有折纸爱心可投，每周日无论多忙多累，他都要折好爱心放在书桌的抽屉里。

一年不知不觉地过去了，结婚一周年的晚上，老公激动地抱起他那个沉甸甸的"银行"，兴奋地邀请我也拿出自己的"银行"。我们同时开启，一颗一颗地数起来。数到最后，老公惊呆了，因为他的"银行"里有365颗爱心，而我的却出现了400颗爱心。老公说我耍花招，一年只有365天，怎么会有400颗爱心？我认真地冲他说："我生日那天投了两颗爱心，因为那天你做的爱心晚餐太好吃了。我生病那几天也投了两颗爱心，因为你白天上班，晚上陪我输液，照顾我休息后，还要备课、判作业，太辛苦了。还有我把菜炒煳了的那几次，你不仅没笑话我，还都吃完了。还有……”我没有再说下去，因为我发现老公的眼里饱含着晶莹剔透的泪水，简陋的小屋里充满了温暖。

以后的日子，我和老公争着往“银行”里存爱心，当一颗颗爱心从我和他的手里放进“银行”时，我们都能感觉到那种深深的幸福和温暖在心底悄悄涌动。

不知不觉中，我和老公已经走过了十几个春秋。我们吵过，闹过，冷战过，但我们的“家庭银行”从未倒闭过，小小的“家庭银行”承载了我们的幸福生活，也记录了我们的简朴的爱情。

【点点思雨】

拥有亲情使人愉快，拥有友情使人充实，拥有爱情使人幸福。凡是沐浴在爱河里的灵魂，她的生命之树一定会因为痛饮了爱的汁液而挺拔丰盈，叶间必然盛开着激情浪漫的花朵，枝上必将挂满快乐幸福的果实。

渴望这样一种爱情，淡淡如茶香，虽然清淡却沁人心脾。无论相距多远，无论相隔多久，风起时，仍能互相温暖，彼此慰藉。渴望这样一种爱情，可以分享彼此的心事，彼此坦诚，苦乐与共；可以承载对方的喜怒哀乐，接纳彼此所有的卑微与荣耀。

爱情，是人与人之间最珍贵的情感，是心灵和心灵之间的七色彩虹。

（何　峥　天津市天津中学）

弥补爱情

1995年，我大学毕业，来到一所山区农村中学任教。第二年，经同事介绍与妻子相识，半年后结婚，过着平平淡淡的生活。那时教师待遇低，身边一些教师开始自谋出路，有的南下，有的参加“国考”，有的寻找权利关系调往待遇较好的县城学校。妻子也参加了城区教师招考。2004年，她如愿考进县城中学任教，我们斥“巨资”在县城买了楼房。从此，妻子带着儿子在县城生活，我们过着两地分居的生活。

妻子一个人带着儿子在县城生活，不但要忙工作，还要照顾孩子，身体因劳累而逐渐消瘦。同年底，我考上了天津师范大学的教育硕士，想完成人生的“蜕变”——能够调入县城或涨工资或提干。我边工作边读书，很少回家，一切家庭重担都压在妻子弱小的肩上。

2008年初，我教育硕士毕业，却还是在原地转圈，并没有实质性的改变，我觉得愧对妻子和儿子。多年来，我不但没有在生活上给予他们照顾，也没有通过“蜕变”改善全家的生活，读教育硕士还花掉了3万多元。每每谈及此事，妻子总是安慰我：“做过的事，不要后悔，你读教育硕士，说明你有更高的追求。除了工作，你周末还要去天津师范大学读书，你更辛苦。嫁给你，我不求吃、不求穿，只求平平安安。”每当听到妻子说这些话时，我心里都会春意盎然。有这么一位理解我、支持我的好妻子，是我人生的幸福。

随着岁月的流逝，历经调动工作无果、晋升职称失利、提干无望等一系列的挫折后，我感受到了爱情的可贵。当我最痛苦的时候，妻子总是在身边安慰我，化解我心中的怨气。“失去这些并不重要，我们还有甜蜜的爱情，你还有我和儿子。”这是妻子最爱说的话。我忽然意识到，妻子是上帝派到我身边的天使。我拿什么奉献给你，我的妻子！我萌生了弥补爱情的想法。

年轻时，不懂得什么是真正的爱情，经历了十多年的风风雨雨，我懂得了爱情的真正含义，妻子因为爱我，为我和家庭付出了太多太多，我也同样爱我的妻子，所以我要弥补失去浪漫的爱情。

从2009年起，为了弥补妻子，弥补我们的爱情，我开始落实“3+2”工程。

“3”指的是：妻子看电视时，我会把水果洗好放在茶几上或端上一杯水；妻子做家务时，我总是主动帮助或肯请妻子把劳动的机会留给我；妻子想吃小食品时，我会跑遍超市。

“2”指的是：“三八妇女节”那天，我会送上妻子喜欢看的《读者》杂志，让妻子享受精神大餐，还要送上1朵玫瑰花，寓意是我心中只有你。妻子生日那天，我会跑到蛋糕店，很早就把蛋糕拎回家，并送上九朵玫瑰花，寓意爱情长久！

【点点思雨】

热恋中的情侣需要浪漫，婚后延续美好的爱情也需要浪漫，爱情保鲜更需要浪漫。我用浪漫弥补爱情，用浪漫弥补对妻子的爱，这让我收获了更幸福的婚姻。爱情可以弥补，教师与教育的“爱情”也需要用浪漫来弥补。这种浪漫，就是走专业成长的快车道。读一读教师专业成长的书籍是弥补，写一写发生在身边的教育故事是弥补，上网登陆论坛写写教育感想也是弥补……这是获得教育幸福的不竭动力。

（张国东　天津市蓟县下营中学）

在平淡中慢慢体会爱的味道

回首间，我与先生已携手相伴 18 年，没有轰轰烈烈的大喜大悲，有的只是平淡的岁月和平实的感觉。

婚后的生活，是柴米油盐的交响曲，亦是喜怒哀乐的连续剧。我们吵过，闹过，哭过，笑过。我们都是天真而率性的人，真实地表现在对方面前，虽然表面吵闹，心里却充满牵挂。我们自由随意地生活在对方面前，身体不累，心里也不累。我们一起笑对人生风雨，喜迎春暖花开。

那年春天，忘了由于什么原因开始怄气，我不理他。任凭他千方百计地找话说，我都硬生生地板着一张脸，我不会轻易原谅他。这是因为曾经一次赌气后，我主动做面条请他吃，他用轻蔑的目光扫了那碗面条一眼，就昂着头挺着脖子上班去了，留给我一个冷傲的背影和笑得打着哆嗦的肩膀，气得我浑身打战。下班后，他风一样跑回家里，我背过脸去不理他。他抱住我，把香蕉塞到我手里，笑着说：“傻丫头，我告诉你，男人和女人生气，女人是不能先服软的，要等着男人哄，他才会拿你当回事。记住了吗？况且，你做的面条跟井绳似的，谁敢吃啊？”

我记住了，所以我决定这一次一定要冷硬到底。他屁颠屁颠地做饭，我不吃；他添油加醋地讲笑话，我不笑；他急急忙忙地买来我最喜欢的面包圈，我连看都不看一眼……天黑了，我在黑暗中微笑着躺下，听着他无奈的叹息，甜甜地睡去。

醒来时已是晨光熹微，室内一片清亮，一股莫名的清香荡漾在我们的小屋里。透明的花瓶里，盛开着一大束带着露珠的鲜花，粉红的杏花巧笑嫣然，雪白的梨花含苞待放，嫩绿的叶子在微风中颤动。我情不自禁地爬起身来，走到花前，轻嗅，叹息……回过身来，是先生那张满是得意而又略带揶揄的脸：“满山的花都笑了，夫人，想不想随为夫去看看？”

“既然满山的花都笑了，那么，我也就跟着笑一笑吧。”

虽然在家里我以和先生置气为乐，但这并不表示我恨他。

2013 年夏天，单位组织我们到三亚旅游，我生平第一次看到浩瀚无边的大海，沐浴清新幽凉的椰风，亲近美丽灿烂的凤凰花，抚摸渴慕已久的红豆树，心中的激动和欣喜是难以用语言来描述的。然而行程中，我的心中却充满了深深的遗憾。当我绕过转运柱时，我遗憾不能牵着先生和儿子的手；当我俯瞰亚龙湾时，我遗憾先生和儿子不能和我一起感受心中的自豪和神圣……我强烈地意识到，我是多么渴望与我的亲人共同享有世间的一切美好！

回首我们的婚姻生活，的的确确非常平凡。同为教师，缺少鲜花的簇拥，没有奢华的享受。所幸的是，我们共同拥有一个温馨稳定的家，互相温暖，互相疼惜，在平淡中慢慢体会爱的味道。无须山盟海誓，惟愿执子之手，与子偕老。

【点点思雨】

当茶水渐渐变凉，爱情便慢慢转化为亲情，平淡却真实。婚姻中，比甜言蜜语更重要的是真心的疼惜和牵挂。生活在滚滚红尘中，我们不仅要迎接工作上的种种挑战，还要承受社会上的种种压力。我们需要一个温馨而包容的家，让我们可以卸下所有的面具，放松整个身心。我们不需要大富大贵，也不需要声名显赫。只要有一个人，真心在乎你的冷与暖，真心在乎你的悲和喜，心甘情愿与你共同面对生活中的一切，那就是幸福快乐。

（郭华云　天津市蓟县燕山中学）

第三辑
缠绵悱恻　享受浪漫

※在我们辛苦忙碌的间隙，别忘记给对方一个简单而又温暖的拥抱；在我们应酬奔波的闲暇，别放弃和爱人促膝交流的机会。一个眼神，一句寒暄，一首情歌，一个微笑，或许就可以让我们在幸福中走得更远。

※婚姻是需要经营的，繁忙的工作之余，给生活一些情趣，为这如水的时日增加一些颜料，让平淡的日子多一层浪漫的色彩，爱情会更甜蜜，生活会更多彩。有爱的日子，即使风雨如晦，也会走过阴霾迎来明媚的阳光，如此，静好！

围城里最美的声音

生日里，有蛋糕，有祝福，但幸福中却滋生着单调。饭后，爱人极力要求到学校的琴房里练琴，并要求我陪同，我只好拿上书，用来打发她练琴时我无聊的时光。

琴声响起，那圆润厚重的和弦音让我合上了书本，那熟悉的旋律让我静静闭上了眼睛。什么曲子这么熟悉？对，是周惠的《约定》。熟悉的旋律将我一下子带回到了当初恋爱的时光。

我们都很喜欢那首歌曲，因为每句歌词似乎都在描述我们的爱情。很少唱歌的她吃力地学会了那首歌。我们也曾一起牵手"幻想着教堂里的婚礼"，也终于成为了彼此的依靠。在生活的磨合中，我们更像歌词里所写的那样，"你我约定，一争吵很快要喊停，也说好没有秘密，彼此很透明……"

一转眼，七年过去了，我们有了自己的家。虽然我们彼此相爱，但爱情的浪漫却渐渐被朴实的亲情所遮掩。我们将仅有的交流给了家庭的琐事，将更多的爱倾注给了可爱的儿子。

琴声停了，思绪回到了现实。"乖，可以再弹一遍吗？"重新响起的琴声给了我肯定的回答。而这一次，我什么都不去想，只是随着这美丽的旋律让感动肆意泛滥。

不知道为什么，一向对音乐很挑剔的我，却对那天的音乐如此依恋，反复品味中才发觉，爱人是用心在弹奏，每一个琴键敲出的音符都有她对爱最深的理解。我终于忍不住随琴声唱了出来，歌声代表着我那从来都羞于表白的情感，琴声流淌着她一直坚守着的最美丽的真爱。

琴声依依不舍地停下，我们紧紧地拥抱在一起，眼泪是此时最真实的表达。

我开始寻找心中那个谜团的答案，爱人对于乐理知识一窍不通，对各类乐器更是十足的门外汉，就算是她开始学琴，要弹出这首曲子也非一日之功。终于，我打通了她同事的电话，还没有等我问，电话那头就滔滔不绝地向我讲起了妻子为爱拼命练习的一幕幕场景："小玉为了能在你生日那天给你一个惊喜，已经苦练了 3 个月了。为了节省时间，她不按音乐老师的要求逐级练习，而是跳级练习。这可就苦了我们了，每天都一遍一遍地听噪音……"

不管这些话的语境是嫉妒还是抱怨，到了我这里统统都变成了爱与感动。现实的我从来都不相信有关"爱情的力量"的言论，因为我觉得那些东西虚无缥缈。但被爱的音乐洗礼之后的我相信了，因为这种力量让我听到了来自围城里最美的声音，也让我深刻地感受到，围城也可以成为我们最温暖的港湾。

除了感动，我也应该为她做些什么，最起码要把这种最美的声音用纸和笔记录下来，用心中的爱赋予每一个字以爱的单纯与永恒，告诉自己，也告诉所有渴望浪漫的心灵。

【点点思雨】

或许，无欲无求才是我们这些围城里的人最朴素的真实；或许，幸福就是从白开水中品味生活的平淡。但这并不能成为我们忽略感情，彼此疏远的理由。爱情是需要滋养的，亲情是需要呵护的，而浪漫是需要沟通与表白的。所以，在我们辛苦忙碌的间隙，别忘记给对方一个简单而又温暖的拥抱；在我们应酬奔波的闲暇，别放弃和爱人促膝交流的机会。一个眼神，一句寒暄，一首情歌，一个微笑，或许就可以让我们在幸福中走得更远。

（姚俊松　河南省濮阳市第四中学）

结婚 13 周年纪念日的浪漫

我和老公相识是经朋友介绍认识的，他性格内向，少言寡语。我们没有花前月下的浪漫，没有烛光红酒的絮语，更没有“你是风儿我是沙”的缠绵，就这样简简单单、平平淡淡地走过了 13 个春秋。

日子就这样平静地流淌着。一天放学后，和往常一样，我带着一身疲惫往家赶。刚走出校门口就看见一个熟悉的身影。老公？他见我出来，笑着说：“家里停电了，我们到街上吃饭吧，我已经安排好了。”“就这事呀，你打个电话告诉我地点不就行了？”他笑而不语。

他在一家西餐厅前停了下来，我甚是纳闷，这样的地方他是从来不进的，今天怎么破例了？

服务生把我们带到了二楼的雅间，这清雅的环境，淡淡的音乐，暖暖的柔光，正是我渴望已久的氛围。少顷，服务生送来一份情侣套餐、一瓶红酒，我快速地搜索记忆，寻求答案。“亲爱的，闭上眼睛。”老公的声音从没有这么柔和、这么缠绵过。我顺从地闭上眼睛，一股淡淡的清香钻入我的鼻孔，似锦缎般轻柔的香气弥漫在我的周围。我慢慢睁开双眼，眼前一大束红玫瑰，鲜艳夺目。“老婆，今天是我们结婚 13 周年纪念日，送给你，谢谢你给了我一个懂事的儿子，一个温暖的家。”我恍然大悟，原来他也懂浪漫呀！音乐再次响起，“今天是孙先生和孙女士结婚 13 周年纪念日，孙先生特为孙女士送上一首《最浪漫的事》……”

静静地听着音乐，往日的一幕幕又浮现在眼前：身为独子的他从不需要为琐事操心，可婚后他却俨然变了一个人。他不忍心让我早起，偷偷地把我的闹钟关闭，悄悄起床为我做早饭。虽然第一次的稀饭有点糊，煎蛋有点焦，但却是我一生中吃到的最可口的早餐。为了变换口味，他试着学做水煮肉片、可乐鸡、酸菜鱼、糖醋排骨、蒸面条、炒米饭……我和儿子慢慢吃胖，他却渐渐消瘦。

我是一个和感冒特别有缘的人，每次生病他都细心呵护我。那次感冒最为难缠，他忙着为我买药，熬制姜茶。每天晚上睡之前，他定会把熬好的姜茶再次加热并端到我床前，看我一饮而尽，再帮我盖好被褥才放心。可是，不知何时他也病了，他偷偷地吃药，却从未在我面前提起这事，还一如既往地承担着一切家务。

他心细如发，我有痛经的毛病，每月的那几天他都会为我沏上浓浓的红糖水，糖水伴着他的爱融化了那份疼痛……

随着音乐的变换，我回到了现实。我也曾和所有青春萌动的少女一样，渴望拥有浪漫的爱情和美丽的婚姻，渴望被风雅细心的老公用心呵护，渴望自己的他能时时处处营造生活雅趣。如今，我懂得了幸福不是甜言蜜语，恩爱也不只是卿卿我我，只要心中永远装着对方，即使平淡如水的日子也耐人寻味！

【点点思雨】

白开水是最好的饮料，流水的日子白开水的味道，才是幸福生活的真谛。相聚是缘，相守一生该是几世修来的尘缘呢？我们应该珍惜对方，呵护自己的婚姻。

婚姻是需要经营的，繁忙的工作之余，给生活一些情趣，为这如水的时日增加一些颜料，让平淡的日子多一层浪漫的色彩，爱情会更甜蜜，生活会更多彩。有爱的日子，即使风雨如晦，也会走过阴霾迎来明媚的阳光，如此，静好！

（孙淑敏　河南省鹿邑县老君台中学）

和你一起慢慢变老

朋友聚会，生意应酬，喝高的是他，心疼的是我。每次应酬前，我都会悄悄塞给他一块奶酪，叮嘱他喝酒前吃下。他幸福地点点头，我踏实地放他走。

他邀朋友在家小聚，我忙着买菜、洗菜……端茶倒水、拿酒上菜，朋友赞不绝口，他高兴得合不拢嘴。送走朋友，杯盘狼藉，我刷盘抹桌，拖地擦地，冲一杯热牛奶送到他嘴边，端一盆热腾腾的洗脚水放到他跟前，他不住地感叹："老婆，你真好！"

在朋友面前给足他面子，让他特别满足，特别骄傲。

逢年过节回老家，给公公买双皮鞋，给婆婆买件毛衣，到银行换一沓崭新的零钱递给二老，老人高兴极了，碰上街坊邻居，忍不住夸儿媳妇知书达理。他不作声，却看在眼里，幸福在心里。

他说要出差，我把洗干净的衣服放在床头，又直奔服装广场，买了条柔韧的皮带，挑了件手感极好的风衣，他说，"买啥呢？我有衣服。"我把自己打扮得漂漂亮亮，也想让老公风度翩翩，自信满满。早上起来，一杯热热的牛奶、两个热腾腾的荷包蛋，温暖了他的心，润湿了他的眼。临别嘱咐："出门在外，注意安全。"他把我全部的情和爱，密密实实地塞进背囊，内心也温暖如春。

如果你不求回报一心一意地爱他，他就会默默无闻有情有义地回报你。

每次外出学习，他都把我送到车上，到了外地，还没下车，他的电话已到，温暖熟悉的气息立刻萦绕在耳边。外出回来，他到车站接我，远远地看见他甜甜地对着我笑，漂泊的心顿时有了依靠。床头柜上，放着他写的诗："我不敢关手机，怕你打不通电话；我不敢锁门，怕你没带钥匙；我把手机铃声调到最大，等待你的信息；我把大门完全敞开，等待你的脚步。静静的午夜，聆听你轻盈地来临；凝神的瞳孔，等待你的身影。”

兴之所至，我喜欢在纸上写点文字，没时间打，只好求助于他：“老公，我最喜欢你读我的文章，你总是很快就能打出电子稿，还能提出中肯的建议。”他乐呵呵地边敲键盘边说：“我最喜欢读老婆写的文章。”临睡前，我们都喜欢倚在床头看书，“奇文共欣赏，疑义相与析。”温馨静谧，心性相知。

多少个早上，他送我上班，打着哈欠；多少次下晚自习，他接我回家，不厌其烦。爱情何时注入了亲情？我们都喜欢“爱人”这个称呼，他说“爱人”就是我所爱的人和爱我的人，相亲相爱，互相包容。我说“爱人”是人生旅途中的伴侣，心灵上的依托。

他给我打电话，手机铃声是“幸福，知足是福……”我给他打电话，铃声是“我能想到最浪漫的事，就是和你一起慢慢变老……”我们总是开玩笑：“等我们一起慢慢变老，你搀着满头银发的我，我扶着满脸皱纹的你，慢慢地走向金婚的殿堂，咧着没牙的嘴哈哈笑。”

【点点思雨】

相遇是缘起，有缘当珍惜。有缘的爱情虽没有花前月下的浪漫，却多了知冷知热的温暖；虽没有山盟海誓的激情，却有同甘共苦的铭心；虽没有卿卿我我的甜蜜，却有相濡以沫的踏实。像一杯醇酒，愈久愈香；像一首老歌，越听越耐人寻味。

有一天我们老了，历经几十个春夏秋冬，直到步履蹒跚，两鬓斑白，只剩枯老待葬的躯壳；有一天我们老了，花开花落，风风雨雨，肩并肩走过，伤感难免，快乐很多。

幸福是一种感觉，是一种心态，一种能力。不需刻意寻找，只要用心经营，懂得珍惜。

（李慧香　河南省长垣一中初中部）

做你的妻子真好

“咱们结婚20年了，你是不是考虑送我一枚1克拉的钻戒啊？”

“行！你不早说，给你从老家拿点儿就行了。”

“讨厌！你欺负人。你老家净是土坷垃。”

哈哈……

这是今年我与老公结婚20年纪念日时的一段对话。虽然我们并不富裕，他没有能力送我价值不菲的钻戒，但我依然很知足，很幸福。

20年前，我们是相识相知的恋人；今天，我们是相亲相爱的一家人。周围的人都很羡慕我们，因为我们从来没有吵过嘴，没有红过脸。

家庭也有生命，需要用心经营，在这个讲理更要讲情的地方，我享受着家庭带来的温暖与幸福。

作为女人，要知书达理，体贴家人。身为教师的我们，更应如此。贤妻良母，是中国人对优秀家庭女性的最高定位，照顾好家人，教育好子女是我们的职责。20年来，我最成功的事情，不是评上特级教师，不是获得什么奖励，而是“培养”了两个成功的男士——丈夫与儿子。丈夫事业有成，儿子健康成长。

家庭关系中，最难处理的可能就是婆媳关系了。我与婆婆亲如母女，遇到事情，商量解决，多理解，多包容。逢年过节，送老人的东西，我亲自准备；有了好吃的，我也会惦记着分给老人一半。老公看在眼里，喜在心上，他对我的疼爱也因此与日俱增。随着时间的流逝，我们之间除了爱情，更多的是亲情，谁也离不开谁。

做个小女人，要学会撒娇。我是个自理能力很强的人。以前的我，可以说什么事都能干，50斤重的米也能自己扛到五楼。现在，我学会了“示弱”，学会了小鸟依人，因为我懂得了男人需要被认可。比如，某天他有事不能回家给我们娘儿俩做午饭（因为我单位离家很远），尽管我会把事情处理好，但我还是会对他说:“你不在，我手忙脚乱的，心里总着急。等孩子上了大学就好了。”从那以后，再碰到有事，他就会叫同事帮忙买好饭给我们送回去。我呢，也会心存感激，心里偷着乐。两个人一起出去散步，我会要求他为我买一瓶水；有事外出，我会打电话叫他骑着电动车去接我。让他买一瓶水，是告诉他，我需要他；让他接我回家，是让他知道，他对我有多么重要。

我这个人天生就觉多，孩子不到一岁的时候，他每天早晨五点五十就要起床陪孩子玩，让我能一觉睡到七点再起床去上班。孩子上幼儿园之前，几乎每天都是如此。现在孩子读高中了，一到冬天，我就会五点五十起床送他到校，晚上十点半放学时再去接他，因为我会开车，老公不会。再冷的天，我也毫无怨言。这就是互相体谅。

快乐着你的快乐，幸福着你的幸福。如有来生，我还愿做你的妻子。

【点点思雨】

每个人都渴望拥有一个幸福的家庭，那就从学会与丈夫相处开始吧。男人希望女人能为他做什么事呢？一份问卷调查结果表明：“男人在婚姻家庭中所需要的既不是令人心荡神摇的富有魅力的女人，也不是刺激，更不是兴奋，而是普通意义上的舒适！”男人需要的就是一个安逸的家，一个能让他全身放松的避风港，一个让他依恋的地方。爱人者人恒爱之，敬人者人恒敬之，用我们的善良、热情、宽容去善待对方，彼此珍惜，互敬互爱，共度一生。

（郭淑岚　河北省张家口市宣化区工业街小学）

做个“善变”的女人

谁说善变的只是六月的天和孩子的脸？不，最善变的，非女人这一角色莫属。

有时候，她是个妻子，有时候却更像个母亲。

早晨，看着他酣睡时如孩童般纯净的面庞，她不忍心打破那份难得的恬静，无论再困倦，她都要悄悄披衣起床，为的是他起床后，能喝上一碗自己熬制的暖胃暖心的粥。

自从听说空腹喝水可以冲洗肠道里的垃圾后，她起床后的第一件事情就是倒上一杯水，放到不烫不凉时，轻轻摇醒他，看他睁开蒙胧的睡眼把水一饮而尽。此时，她的心中定会漾起一阵温暖。

有时候，她会把干净的衣服放在他面前，催促他去洗澡。此时，他总是一幅吃惊的样子：“又该洗澡了？又该洗澡了？”

有时候，她像个保姆，但又不全像。

下班路上，她总是那么匆忙地来到菜市场，买来新鲜的青菜，再顺手买瓶他爱吃的辣椒酱。回到家，她一边点火做饭，一边匆忙收拾各个房间——扫地、拖地、还要寻找他昨天随手塞在沙发坐垫下面或者扔在某个角落的臭袜子……

有时候，他累了，晚饭后随意地歪倒在沙发里，边看电视边休息。此时，她会端来半盆水，给他洗面按摩，揉捏着他额头的每一个穴位，看着他倦怠地闭上眼睛，她心里涌起一股柔情。

有时候，她被他尽情娇宠，又变得像个孩子。

似乎很早前就形成了一个规律：每当上楼梯时，他会快速走几步走在前面，主动伸出手，而她也会自觉地把自己的手递过去。外出时，他更是操心挂念。她去安徽出差，他非要开车去送她，唯一的理由是怕她迷路。她去通辽参加活动，他非要送她到北京，就只为从北京西站到首都机场这一个过程中有人照顾她。每次出差回来，他总会提前接站，接站时，他手里总会拿着苹果、葡萄之类的水果。每天上班前，他都会例行检查她的包包，看钥匙、手机、钱包是否都带了。那一刻，他的认真劲儿，和父亲检查女儿的书包没有两样。每当周末来临，她又会闹着他开电动车带她出去兜风，没有目的，没有方向，去哪里都无所谓，因为她只想感受趴在他背上听风从发丝沙沙穿过的感觉。每次外出旅游，他总会紧紧抓住她的手，唯恐她在人群中走丢……此时，与其说她是个妻子，倒不如说她更像一个孩子。

……

都说“善变”是贬义词，但殊不知，在女人的世界里，唯有“善变”，才能把女人这一角色演绎到极致。所以，做女人，就要做个“善变”的女人！

【点点思雨】

当缘分把两个原本陌生的人牵在一起，当时光洗褪了恋爱时的青涩和浪漫，当日子跌落进柴米油盐酱醋茶的琐碎平淡，你也许已经很难分清，自己到底在对方的世界中扮演着什么样的角色。有时候，你像个慈祥的母亲；有时候，你又像个调皮的孩子；有时候，你高贵得像个公主；有时候，你又卑微得像个保姆……然而，爱情正是在这些角色的不停变换中，越来越真实，越来越浓厚。

（韩素静　河南省濮阳市油田教育中心教研室）

你，就是我的情人

你知道吗？你，就是我的情人！

情人节那天，你突然问我：“今天有人给你送玫瑰吗？”

我心里酸酸的。十年了，你可曾表露过你的爱意？十年了，你可曾记得你的誓言？婚后的生活平淡如水，忙碌的你心中可曾还有我的位置？想起昨天醉酒的你，禁不住心生怨意，没好气地回答：“没有！”又补充道：“我又没有情人，你不送谁送啊？”

你笑了，打趣道：“嗯，没有情人的情人节！可怜啊！我们同病相怜啊！”

你急急忙忙地又走了。

敲击键盘的声音停止了，往事一幕幕浮现在眼前……

一本诗集，一封短信，轻启芳心，我与你相恋了！

乡下，没有咖啡屋的浪漫，没有公园里的静谧，没有电影院的温情，只有简陋的校舍。一本本书，一杯杯茶，温暖了两颗志同道合的心。后来，我们结婚了。没有车马喧嚣，没有高档家具，没有婚纱礼服。这一切都是为了给家里减轻负担。我毫无怨言，唯有夫唱妇随。

一年后，我们有了一台 19 寸的电视机；两年后，我们有了孩子；三年后，你被推选为教导员；再后来，你当了教导主任，当了校本部的校长。于是，我只能看到你忙忙碌碌的身影，家好像就只是你吃饭住宿的地方。我曾经怀疑你是否还是原来的你，但后来我发现，我错了。我，依然是你的至爱！

你的只言片语，分明是亲切的爱语：“哎，吃药没有？把药吃了啊，一样吃两片。”你端着水推门进来，把药放在电脑桌上催促我。

“哎，我不喜欢带小孩子出来玩，你俩在家听话啊，不许怄气，不许不吃饭，不许不听话，回来给你俩带好吃的啊。”出远门前，你这样告诫我和儿子。

“你看看，跟你说过多少遍了。炒菜带点汤，油放得太少了，菜会炒焦的……吃饭慢点行不？”你总是不停地唠叨我。

那次，妈妈住院了，脑膜瘤，要做手术。各项检查结束后，还要求剃光头，看着母亲光光的脑袋，我总是控制不住自己的情绪，泪水止不住地流下来。晚上，你把我揽在怀里，轻轻地对我说：“没事的！专家是最好的，手术没问题，放心！你要给弟妹做榜样啊！你这样，会影响妈妈的情绪的。”你知道吗？你，就是我心中值得依靠的大山啊！

“为人处世就应该有平常心，凡事要坦然面对，不可有事在必得的心理。”每当我遇到挫折时，你总是如此告诫我。不服输的我虽然嘴强牙硬，但却总是默默地按照你说的去做，心情好了，生活也舒心了，与同事朋友相处得更融洽了。

你善解人意的一言一行，你无微不至的悉心关爱，让我心甘情愿地做你的“出气筒”，忍受你的“呵斥”，甚至你的“霸道”。因为，你也是我的至爱！

……

今天是情人节，而你，就是我永远的情人！虽然没有玫瑰花，但心中那朵鲜艳的玫瑰永远芳香四溢！

【点点思雨】

我们的婚姻没有七年之痒，没有十年之痛，有的只是爱情的延续、稳固和升华。我们没有海枯石烂的誓言，也不曾有过场面盛大的婚礼、窗明几净的婚房，但却始终拥有一个共同的信念——扎根乡村，献身教育，铸就学校美好的明天！

（张爱敏　河南省长垣县樊相镇中心学校）

我们在一起

"这个情人节，你打算送我什么礼物？"情人节、三八节、七夕节、妻子生日，一年中有很多时候，甚至女儿生日，妻子都会向我"索要"礼物。通常情况下，一个很平常的小礼物就能满足她，可总会有没有礼物的时候。这时，我通常会说："你看，我们在一起，不就是很好的礼物吗？"

"这么小气，一个小礼物都没有。"听得出来，妻子嘴上虽责怪，但心里却充满了满足，她的脸上洋溢着幸福的笑容。

是的，美满的婚姻其实很简单，就是两个人在一起相濡以沫，相偎相依。看着孩子欢乐地跳跃，老人脸上堆满笑容。

曾经听说过，人的一生当中不能错过两样东西——回家的末班车和一个深爱你的人。

不管出差多远，我总是尽量赶回家，有时候每天来回赶三、四个小时的路程也在所不惜。如果实在没有办法回来，我一定会把自己的所到之处，及时地通过电话、短信告知家人，让远方的牵挂，能稍稍得到安慰。平时在家，每到午夜，我都会关掉手机，可在出公差的时间里，我从不关机，只为了不漏过妻女的每一个短信和电话。每次住店，我都首先选择有网络的地方，方便通过QQ视频看看妻子和孩子，也让她们安安心心地看到我，让思念成为眼前的相互倾诉，让牵挂把我们真正地连在一起。

妻子曾在短信里说："我是你的妻子+情人+红颜知己。"很多人会把这三种角色区分开来，但对我而言，妻子正是这三种角色的完美结合。

转眼间，我们已经相互牵挂着走过了11年，我们的婚姻没有经历"三年之痛""七年之痒"，有的只是一如既往的理解和一拍即合的默契。我们没有红过一次脸，也很少为一件事各执己见。秘诀很简单，就是及时沟通，让烦恼瞬间释放。工作上，我们选择在同一个单位，一起上班，一起回家，彼此守望，相互支持。休息时，我经常会利用空余时间写点文字，这时，妻子总是关掉电视，放弃自己喜爱的连续剧，静静地陪在我的身旁，做我的第一个读者。我们经常说，可能我们上辈子也是夫妻，要不然当初怎么这么自然地走在了一起呢！

结婚 11 周年纪念日上，声音完全沙哑的我，为妻子演唱了一首《一生有你》，歌声结束，她的掌声非常热烈。

我们是如此幸运，能够找到自己生命中最闪亮的音符。以后的日子我们会一如既往地在一起，让美好的乐章奏响未来的每一个清晨与黄昏！

【点点思雨】

幸福的婚姻生活很简单，那就是在一起，无话不谈，相依相伴。虽然这样会少一些个人的自由，却多了一份彼此间的沟通，一份相互融合，一份彼此依赖。婚姻幸福就是如此，在点点滴滴的平凡中汇集而成，多一分关怀，多一分温暖；多一分商量，多一分理解；多一分平淡，多一分真实。

（林志超　浙江省苍南县龙港潜龙学校）

聚少离多的思念

屋外北风呼啸，雪花打着卷儿冲向大地，撞向房屋，扫向枯树。我拉上窗帘，打了个寒噤，缩了缩脖子。真为他担心，这样的坏天气。

墙上的钟又转了一圈，已经十一点了。我独坐在床前，陷入了沉思：爱人长年在外工作，一年也难得回家几次，我们聚少离多，思念是我们的生活的一部分。虽说我要上班，又要照顾家人，一年到头忙得脚不沾地，可他在外奔波，远离亲人，更是不易。虽然生活并不富裕，好在家中的老人身体康健，孩子懂事。没有什么可抱怨的。“车到哪儿了？进濮阳了吗？一个小时前才到河北！”我一面自言自语，一面在心里祈祷：“一切都平安，一切都平安。”

睡不着，打开影集，第一页是我们一家三口的合影。这是我们唯一的一张全家福。照片中，他一只手搭在我的肩上，另一只手则搂着儿子，笑得那么开心。只要一家人在一起，他便会觉得自己是天底下最幸福的人。望着他开心的样子，我也抿着嘴笑了。第二页，是我与他的结婚照，当年娇小的我依偎在他身旁，羞涩地微笑着。我将要与身边的这个人相伴到老，共度一生。当时的我是幸福？是期待？还是忐忑？我记不起来了。20年的柴米油盐，锅碗瓢盆，让我忘记了当时的心情，而此时，我只想让他一路平安到家。

突然，不远处的公路上传来汽车急刹车的声音，车轮在雪地上打着滑。“呲——”我神情紧张，心里忐忑不安起来。“这该死的天气，早不下，晚不下，偏偏今晚下起了雪！”“叮咚！”楼道铃的声音变得异常欢愉，我一路小跑，打开大门，看到的却是楼上马大哥一脸抱歉的面孔，我礼貌地冲他点点头，慢慢关上了门。

时钟又转了一圈，十二点了。我合上影集，闭上眼睛，又陷入了沉思：这20年来，发生了多少事呀。母亲得了癌症，他四处寻医问药；母亲故去，他常常轻声细语地安慰半夜哭泣的我；为了儿子，他辞去工作，陪伴在外地训练的孩子；为了这个家，他又去了千里之外的内蒙古。而我，却时不时地要个小性子，与他争吵，给他脸色。真不该！泪水如断了线的珠子从面颊上滚落下来。这次他回来，我一定要好好待他。

抹去眼泪，按下电话号码，可那边却是关机状态。我更紧张了，心里好似有几只猫在挠，疼极了，喘气也不那么平稳了。“老天爷，保佑他，耶稣啊，保佑他！”

锁轻轻地转了一下，我“嗖”地站起身，门开了——是他！他的脸更黑了，胡子拉碴的，眼睛里布满了血丝。“怎么不开机？”我嗔怪道。“没电了，让你担心了。”他憨笑着。他快步走进儿子的卧室，听到儿子均匀的呼吸声，微笑着退了出来。他坐在餐桌前，我端出热了好几遍的饭菜，专注地望着他一口一口吃进去，他笑着，我也在笑着。

【点点思雨】

对我而言，婚姻就是爱情的港湾，任海浪翻滚，任海风呼啸，两只小船相依相伴，白首不分离。20年来，没有海誓山盟，没有你侬我侬，没有争吵打闹……有的只是柴米酱醋茶，是彼此之间的牵挂，是对双方父母的关心……谁说这样的婚姻不幸福，谁说它仅仅是平淡无奇的？这样的婚姻让人踏实，让人感到温馨，让人心甘情愿地坚守。爱他，就嫁给他；爱她，就快娶她；用责任、守护、尊重、体谅来共筑爱的堡垒——家！

（江玉荣　河南省濮阳市油田第四小学）

爱情如花，静好

“因为爱情，不会轻易悲伤，所以一切都是幸福的模样；因为爱情，简单的生长，依然随时可以为你疯狂……”清晨起床，将音乐打开，耳边响起了这首熟悉的歌曲——《因为爱情》。“给你一张过去的CD，听听那时我们的爱情……”

简单朴素的歌词似乎是他坐在我的对面，目光亲切而深沉地凝望着我，脉脉地诉说着我们之间的爱情。屈指算来，我们已经携手走过七个年头。今天是情人节，因为爱情，心里流淌着满满的感动。

昨晚从妈妈家回来，他开车绕到花店门前，告诉我等一会儿。我在车里静静地等着。片刻，他捧着两束花兴奋地跑回来，上车后神秘地说：“一束百合，你知道的，另一支，你猜猜是什么花？”我微笑，喜欢这样的感觉，神秘、惊喜。

“康乃馨？玫瑰？马蹄莲？”我淡淡地猜着，可他一直摇头，诡异地笑着：“你一定猜不到，花店老板告诉我，回家把这花放在水中养着，等花谢了后，把根剪下来放在太阳底下晒干，然后放在土里，来年就会发芽……”他饶有兴趣地说着，满是期待，似乎看到了春天花儿已经破土而出。而我，亦是如此。

回到家中，打开花束，一枝枝素雅的百合娇美地展现在眼前，怜惜地拿起，轻轻剪枝。一枝、两枝……或长，或短。我将一一修剪过的百合怜爱地插入晶莹的花瓶中，手指轻盈而熟练地绕在花间，摆弄着。不多时，一瓶插花美丽地呈现在眼前。透明的玻璃花瓶中，百合花优雅地伫立着，翠绿的细茎安静地交织于水中，片片绿叶错落在花间，洁白的花瓣淡淡地绽开着，柔美地舒展着。清雅、静谧。深呼吸，缕缕馨香淡淡地弥漫着，如薄纱般缥缈地围绕着我，令人沉醉。一切如旧。他站在我身后，静静地看着。

打开“那一支”——红色郁金香，含苞的。我很是喜欢。

我将它插在了去年年底买的几根竹子中间，不停地变换着位置与姿势。他欣喜地说了一句：“万绿丛中一点红啊！”我抬头，退后一步。绿绿的竹子亭亭玉立于水中，已有一米多高了。细长的竹叶绿得清新。一个含苞的红色花蕾点在其间，若隐若现，宛如一个羞涩的少女低眉垂目，含笑不语。我走到他的身边，轻声说一句：“谢谢。”

“妈妈，好漂亮啊！”儿子高高蹦跳着跑来，欢叫着。

“嗯，漂亮吧，你妈妈现在已经是一个插花高手了！”老公骄傲地说着。我微笑。

他知道我喜欢插花，喜欢百合，所以不会忘记在每一个特殊的日子里送我一束百合。结婚七年，我们的生活也许就如这静谧的百合一般，虽然没有绚丽的色彩，但却散发着醉人的馨香……

“给你一张过去的 CD，听听那时我们的爱情，有时会突然忘了我还在爱着你……”耳边依然回响着《因为爱情》，拿起手机，给他发了条短信：无赖老公，情人节快乐。

【点点思雨】

平淡如水的日子一天天流过，工作也好，生活也罢，虽不如意事十之八九，但一定要怀着恬淡平和的心境，留一只眼睛看美好，用心去感受生活。爱情是需要呵护的，婚姻是需要经营的，幸福是需要感悟的，生活是需要品味的。一个优秀的班主任，不但要拥有渊博的学识，精湛的技能，在事业上有骄人的成绩；更要经营好家庭，处理好感情，做一个懂得生活的人，去感受如花儿般静好的生活。

（高莉莉　黑龙江省虎林市第五小学）

老公出差了，我一塌糊涂

老公要到福州培训五天，很不放心我。我为了让他宽心，拍着胸脯说："放心，我很能干的，想当年……"但是，不好意思提的事情还是发生了。

老公出差第一天，我早上上班迟到，差一点没赶上上课，险些酿成教学事故！

老公出差第二天，我为了节约时间，先热上早饭，再去洗漱，结果早饭糊了，没吃早饭，又没洗锅，直接赶去学校上班了。

老公出差第三天，我终于吃上了早饭又准时上班了，一上午沾沾自喜，结果中午回家休息时没带家门钥匙，干脆赌气走回学校办公室改作业。

老公出差第四天，我一整个白天都在庆幸，三天过去了，我已经可以自己照顾自己的生活了，可是晚上回家发现，卫生间的浴霸是开着的。第一反应是家里进了小偷，可东西都好好的，难道我早晨没有关掉浴霸，让它开了一整天？那得消耗了多少电呀？

我没有准备晚饭，一个人坐在客厅的沙发上静静地想：明天老公就要回来了，我告诉他这几天发生的事，他一定会笑我的。但我不怕他笑，我要告诉他，我从来没有像现在这么强烈地想念他，希望他赶快回来。在结婚的七年里，因为班主任工作辛苦，老公总是体谅我，我对家庭的付出越来越少，越来越喜欢在生活上依赖老公。要不是老公出差，我根本没有意识到自己在生活上已然变成了一个低能儿。

老公和我在同一所学校工作，他担任体育教师并兼任行政工作，平时事务也很繁多。但是，每天早上闹钟一响，他就起床做饭，早饭快做好时才叫我起床。吃过早饭，他就匆匆赶往学校，在校门前迎接学生到校。我有时会丢三落四，中午回家没带钥匙，又懒得回学校拿，就打个电话让老公送回来，他送到之后再去学校检查学生的午休情况。傍晚下班回家做饭的也多是他，而我经常是在留学生辅导功课或处理班级事务。吃完晚饭，老公还会陪我到海边散步，聊一聊一天工作中的快乐和烦恼，他总会像一位智者一样开导我。

老公出差第五天，收到朋友转发的一条微信，“奥巴马老婆去买花，花店老板说：‘你真幸运，嫁给了一位总统！’第一夫人微微一笑说：‘我嫁给你，你也是总统！’这是怎样的一种自信啊！不是我嫁给谁我就幸福，而是我是谁，嫁给谁我都幸福。”无独有偶，李娜在 2014 赛季澳网夺冠，赛后发表感言时，对着全场的观众感谢自己的老公姜山，但也说了一句：“当然你也是很幸运的，你娶了我。”早就听说，一个家庭幸不幸福，80% 以上取决于女主人。有能力让自己幸福，有能力给男人幸福，才是聪明的好女人。

是的，我要做自强、独立、能带给家庭幸福的好女人。等老公回来了，我要这样对他说！

【点点思雨】

女人的幸福不能靠男人给予，要有让自己、让家庭幸福的能力。两个人要一起承担家庭责任，在生活中相濡以沫，工作上相互鼓励。我们只有把爱心、热心、诚心贯穿到我们的家庭生活中，才能创造更多的幸福。生活从来都不乏色彩，快乐永远不缺少理由，要学着给自己制造快乐和幸福，学着去理解去体会，学着去遗忘一些不愉快的事情，学着放弃纠缠于鸡毛蒜皮的小事，学着在生活中去体会和成长。

（范　睿　北京师范大学厦门海沧附属学校）

异地恋，也幸福

时针指向六点三十分，我的手机铃声响起，这是来自百里之外的爱人的电话。“亲爱的，你……”我们每次通话时间大约半个小时，总是有说不完的话。

对于两地分居的我们来说，每晚六点三十分，有了特殊的含义，也成为我们之间的一种期待、一种默契。我们每天在这个时候互相诉说着思念之情，讲述着身边的故事，回忆着幸福的时光。就这样，一转眼10多年过去了。

20年前，我还在乡下的一所初中教书，一次偶然的机会，我在县城认识了妻子，后来才知道她原来是比我低两届的初中校友。我们先是书信来往，后来周末骑车约会。慢慢地，我们相知、相恋、相爱了。1998年，我们结婚了，而后有了可爱的女儿，我也被调到县城教书，一家人其乐融融，小日子也算美满。

2002年，我来到百里之外的一所高中任教，一干就是11年。学校每月放假一次，我们也就一个月才能相见一次。就这样，我们坚守着这份异地恋情，享受着酸甜苦辣，体验着爱情带来的包容和喜悦。

没有鲜红的玫瑰花，没有丝滑的巧克力，也没有浪漫的情人节，更没有花前月下的漫步……是深深的爱恋，让我们的两颗心紧紧连在一起。

谈起过去的事情，她有时也会生气，但我心里清楚，她的“气”早融化在我们的爱恋中，融化在她对我班主任工作的默默支持中了。女儿上幼儿园，我很少接送；开家长会，我因学生的事没能参加；家里买房、装修、买家具，我还是没有放假；女儿生病，急性扁桃体炎，高烧39度，也是她一个人把女儿背到医院的急诊室。

2012年，我78岁的老母亲脑梗偏瘫住院了。又是她，一下班就不顾劳累地跑到医院，送衣送饭，端屎倒尿，洗头剪指甲，忙这忙那。而我在医院只待了三天，她就催我赶快回到学生的身边。她从没有责怪过我，还总是劝我："好好工作，带好自己的班，不要担心家里，我会照顾好的。"可我清楚，她受伤的腰刚刚恢复，不能干太重的活，也不能过度劳累。我说这一生中，欠她的很多，她笑着要我下辈子偿还。

手机的铃声突然响起，打断了我的思绪，拿起一看，原来是备忘录提醒。9月25日是妻子的生日。我打开飞信，写道："花自飘零水自流，一种相思，两处闲愁。此情无计可消除，才下眉头，却上心头。祝你生日快乐，爱你的杰。"很快，妻回复："两情若是久长时，又岂在朝朝暮暮。爱你的兔。"一股暖流从心底升起。

我是一个从大山里走出来的孩子，感谢命运，感恩教育，给了我很好的安排，让我享受着世界上最纯真、最诗意、也最幸福的异地恋。

【点点思雨】

异地恋是平实的，我们没有传奇的故事，只有生活中的点点滴滴、磕磕碰碰；有远远的祝福，也有深深的思念。但更多的还是对她的宽容与理解的感恩。

异地恋是幸福的，在相聚的日子里，激情满怀，闪耀着幸福的火花；在分别的日子里，牵肠挂肚，洋溢着思念的情愫。是距离让我们的心更近，是距离让我们的情更美，也是距离让我们的爱更深，同样也是距离，让我们的爱情之花开得更鲜艳，更长久，也更幸福。

（董连杰　河北省张家口市私立第一中学）

条条短信见真情

我和妻子相识，是在16年前的一个午后。在她的教室里，因为和其他老乡聚会，我们偶然相遇。也许是缘分，如果再早一分钟，我们将擦肩而过。但幸运之神还是眷顾了我，给了我们相识的机会。

第一次见面，我就被她那高雅的气质、不俗的谈吐所吸引。从相识、相知、相恋、相爱，到最后喜结良缘，我们的确经历了不少周折，但我们最终还是冲破各种阻力，走进爱情、走进婚姻。我相信“缘”是天意，“份”在人为。

我知道表达爱的方式有很多，但短信却是我的首选。

记得那是2007年2月14日，我回到老家帮父母浇地，在地里听着收音机里传来情人节的歌声，才知道那天是情人节。我这个人一贯粗心，都情人节了，我却一无所知。我马上发了一个短信：“老婆老婆我爱你，阿弥陀佛保佑你，情人节快乐！”当时正是流行这首歌的时候，我就用此歌来表达我的爱意。感觉还不够，又发一短信：“对不起，我的我（因为看到别人这样称呼自己的爱人，我们也借来一用），我没有财富，没有鲜花，只能送去我深深的祝福，爱你在情人节！”

2012年7月，我到河南郑州参加“心语团队”一年一度的聚会学习，刚到郑州，“我的我”就发来短信：“你到了吗？我很挂念。”平时我们聚多离少，在几百公里之外，有亲人的挂念，也是一种幸福。我们经历了十几年的相知相爱，已经由爱情转化为亲情，已经把对方当成不可分割的一部分。当时电视上正在上演《甄嬛传》，甄嬛在与雍正道别时诵词一首，我就把它套改了一下，发给了妻，内容如下：“红酒一杯歌一遍，再陈你三愿；一愿你笑灿如花，二愿你快乐永远，三愿你如同梁上燕，岁岁常相伴！”我希望我们恩爱到永远。

2013 年暑假的最后几天，感觉孩子学习很辛苦，我们就决定去北京玩一玩，放松一下。可当时我正在进行心理咨询培训，不能前往，妻子就带着女儿随团旅游。那天，我培训的地方正下着大雨，我发一短信：“可到北京？是否下雨？非常挂念！”妻子回复：“刚到，还没安顿好，你要好好的，钱不够自己去银行取点。”字虽平常，但包含的情意深重。

这几条短信，只是我们众多短信里有代表性的一部分。这些年来，我没有正式请她吃过一次大餐，没有让她过上轻轻松松的生活，而是让她与我一起拼搏，一起奋斗，但她无怨无悔。她经常说，她最看重的就是我们纯洁的爱、深厚的情。面对苍天，我别无可言，只有义无反顾地爱下去，方可对得起爱人那浓浓的真情。

【点点思雨】

时间如白驹过隙，我们的爱已走过十几个春秋。流逝的是岁月，沉积下来的是我们相互的关爱和真诚。她经常跟我开玩笑：“你这些年做得最成功的事就是找了我！”说实话，我也有同感。在相互支撑走过的日子里，我们同甘共苦，面对困难，一起承担。我们组建了家庭，有了可爱聪明的女儿，对上一起赡养老人，对下共同养育孩子。我们在经历困难的同时，也享受着爱情和家庭带给我们的幸福。

（崔建斌　山东省临清市烟店镇中学）

洋溢在发梢的浪漫

我的头发是天生的自来卷，可惜的是卷得没有规律，头发密，发质又硬。每次去理发店做头发，理发师总爱说从没见过这么硬的头发。这么硬的头发，打理起来当然很难，所以我理发的时间比别人都要长。每次理完发回家，我都会向老公抱怨理发店的味道太刺鼻、理发店剪的发梢太齐、剪发的时间太长了……老公一向不发表意见，他总是静静地听。但那天他忽然说："这样吧，以后你不要再去理发店了，你的头发就交给我吧。"我大惊，连理发师都不能整理好的头发，交给你，行吗？他憨厚地笑笑说："我试试，其实剪头发也没有什么难的。"

就这样，在他小心地给儿子理过几次之后，他开始在我的头上"动刀"了。细细分开，层层夹住，柔柔地掀起，慢慢地剪下……老公的手并不灵巧，剪得很慢，但我又有什么可抱怨的呢？我们一边剪一边说笑，看着地上剪下来的那么多的乱发，摸着头上的单薄有序的柔发，我觉得我的生活也变得简单明朗了许多。

剪完后，老公想帮我把头发扎起来，试了三次，终于扎在了合适的位置。我说："再稍短一些就好了。"他又重新拿起了梳子和剪刀。十几分钟后，我感到他正在帮我把头发扎起来，但试了几次都没有成功。怎么老公越来越笨了呢？我心中疑惑，但还是耐心地等待。终于，他说："就这样吧，自己看看。"还是蛮不错的嘛！这时，听到老公在一旁哈哈大笑，原来，后面最底下的一绺头发剪得太短，怎么也扎不上去了。我不顾自己满身的碎发，转身给了他一拳，继而我们两个都哈哈大笑，好像搞了什么恶作剧一样。

随着理发次数的增多，老公理发的速度越来越快了。很多时候，我怪他剪得太快。他不懂，其实我想要的是让他温柔的大手在我的发丝间多停留一段，让我们远离喧嚣的时间多保持一会儿，让他的笑容多保留片刻。

在学校，整日穿梭在课堂教案作业考试中；回到家，手在洗衣擦地洗碗刷锅中变得粗糙，心在柴米油盐酱醋茶里慢慢老去。这样的日子总让人觉得疲惫和单调。当心情烦闷的时候，我就坐下请老公为我理发，老公默默地剪，我静静地感受，随着碎头发脱落的那一瞬间，我的烦恼似乎也都被剪掉了。

“我们的生活里没有浪漫，只有平实，老公为我剪头发，我不用去理发店了。”我心口不一地对同事说。

“但是你们看起来却是很浪漫的！”一位新来的老师说。

如果从老公送我玫瑰花和为我剪头发中二选一的话，我会选择后者，因为只有这样，我才能慢慢品味这洋溢在发梢的浪漫。

【点点思雨】

平日里紧张的生活磨砺着我们的心灵，我们对生活不再敏感。也许，我们会忘掉了一些本不该忘记的节日，比如生日、结婚纪念日、情人节等，但这些并不是爱情唯一的表达方式。随着玫瑰在日常琐事中暗淡枯萎，钻戒在时间的流逝中失去光芒，生活中温馨的点点滴滴却逐渐弥散开来。有很多小事虽然不值得一提，却最终成为了我们日常生活的主旋律，占据了我们的思想，温暖着我们的心灵，幸福着我们的生活。只要彼此有爱，温馨浪漫随时会充满我们的生活！

（陈晓娜　河南省南乐县近德固乡中学）

第四辑

平淡如水　痴情无限

※当热恋的激情退却后，婚姻生活里更多的是平淡。当生活偏离了我们最初的追求时，我们需要保持平和的心态，用心去耕耘，用爱去浇灌，让婚姻之树长青。

※爱在你出门时妻子递过的雨伞里，爱在孩子上学临行时的书包里。爱是失意时的风雨共担、真心安慰，爱是得意时的善意提醒，爱是平淡无味的生活中的相知相伴。

他是我一生的保安

“哄老婆开心不是小事，而是大事。能不能哄她开心，是水平问题，但哄不哄，却是态度问题。”晚上和丈夫在小花园里散步，眼看星儿闪，月儿明，暗香浮动，如此良辰美景，他应该说些什么的，我便如此提醒。他竟然不吭声！我且找机会气气他。

有邻居匆匆路过。我说：“他羡慕你呢。他肯定在想，‘赵老师（丈夫）真幸福啊！女儿都这么大了！’”他还是不吭声。我恨得牙痒痒：这人怎么刀枪不入啊！

丈夫和我是高中同学（不同班）。不了解我们历史的人听此都会惊叹：“你俩早恋啊！”我便淡淡一笑，不无醋意地说：“是他早恋，不过当时的女主角不是我。”

上高中时，他以成绩优异而出名，我也因能歌善舞而有一定的知名度，但我们从没说过话。和他真正交往是在大学毕业后，同学会上，他一身军装，英武中略带儒雅之气，给我留下了深刻的印象。如今每每受了委屈，便要埋怨他那身军装，如果他不是军人，我肯定……

和多数女人一样，我喜欢浪漫，但他偏偏就不解风情。2012年妇女节，儿子思忖着要为我买礼物，在玫瑰花和康乃馨之间犹豫。丈夫建议说：“你妈妈喜欢吃嫩玉米，我们给她买个热腾腾的煮玉米，不比送鲜花强？”我真是恨不得拿玉米去砸他。

平心而论，我的心胸是相当宽的。五年前，他们班同学要聚会，我大力支持，却忍不住对孩子说：“你爸爸要去和同学聚会了。”孩子答：“半个月前我就知道了。”“他可能会见到他的初恋女友。”“妈妈，他的初恋女友不是你吗？”我摇头。

孩子像发现新大陆一样转问他爸爸：“爸爸，是真的吗？”又转向我：“妈妈，她长什么样？”

我回想着："她个子不高，胖乎乎的，眼睛乌溜溜的，很大，喜欢唱《西游记》的插曲'鸳鸯双栖蝶双飞'……"

我的话还没说完，孩子就哈哈大笑："个子不高，胖乎乎，眼睛乌溜溜，喜欢唱歌……这不就是你吗？"

我气恼地笑道："我比她高一些，也瘦一些。"内心却有些疑惑——莫非，丈夫喜欢的就是性格活泼、个子不高、胖乎乎的女人？莫非，我只是他初恋的代替？

从此，纵使夫妻间举眉齐案，到底意难平。我在顾影自怜的同时，不禁偷偷留心着他的举动。直到……

我是个"路盲"，出门分不清东西南北，如今常常要到全国各地开讲座，每次出门，他总有万般牵挂。某个隆冬的凌晨，我从机场坐出租车回到小区门口，丈夫身着军大衣，一如既往地准时迎接。司机见他熟练地帮我开门、拿行李，虽一言不发，动作却熟练自然，不禁惊叹：你们小区的保安服务真周到啊！我笑不做声，内心却想：他果真是能保护我一辈子的保安啊！

【点点思雨】

夫妻间需要理解、包容和尊重。包容，就是允许对方和自己不一样；尊重，就是允许对方成为他自己，而不是我们希望他成为的那个人。

我热情开朗，丈夫严谨沉默；我感性随意，丈夫理智冷静……但是，无论爱情，还是友情，久而久之，都会变成亲情。尤其在一起经历风风雨雨之后，夫妻性格纵然极不相似，也已融为一体。我早已习惯了对他或暗示、或讽刺、或撒娇、或恼怒，他却充耳不闻的样子。倘若忽一日他敏感起来，我还真不知道自己能否适应。

（李　迪　河南省郑州市科技工业学校）

结婚纪念礼物

每年的新年临近，我便会问先生："你送我什么礼物？"先生要么笑而不答，要么就说："我没想好。"看着先生那副不解风情的样子，真是气恼无用，不气又没那么高的修为，只好独自郁闷，然后作罢。

2013年的元旦是我和先生结婚20周年纪念日。20年，说来好长，过起来也就是眨眼的工夫。以前那个头发浓密、眼睛深邃、皮肤白净、身材精瘦的美男子已然变成了一个秃顶、发福，甚至脸上还有几颗斑点的老男人。而以前那个娇俏、妩媚、温柔的美娇娘也已被岁月磨洗成一个黄脸婆了。但不管岁月怎样变换，先生呵护我的心却始终没有改变过！

早在元旦来临前的一个月，我就在悄悄地给我先生绣鞋垫。我要把我20年的爱，通过各色丝线密密地绣在鞋垫上！

2013年的元旦终于来了，我拿出亲手绣制的鞋垫送给先生，他竟然高兴得手舞足蹈，可是却没说要送我礼物。我心里不免失望，闷闷地坐在电脑前发呆。

吃过午饭，我还是坐在电脑前，或者写博客，或者看论坛。先生则在客厅，客厅里放着电视，想来也是在看电视罢，不然能做什么？心里愈发地不高兴，但又找不到发气的理由。

也不知在网上晃了多久，先生推开书房门进来了，手里拿着一双拖鞋。这双拖鞋是我去年买的，鞋面厚实漂亮，穿起来特别暖和，价格也特贵，但是鞋底已断裂，被我弃置在储藏室不予理会了。现在他拿这双鞋进来是什么意思？难不成是责怪我奢侈浪费？或者是想要指责我喜新厌旧？我心里火冒三丈，恨不能将这个庞然大物修理一顿！

未待我的火气冲出胸腔，先生就笑眯眯地说："这是我送你的礼物，结婚纪念日的礼物。”我终于冒火了，瞪着眼睛说：“啥？送我的礼物？这双烂拖鞋早就out了，还拿来送我，你也太寒碜人了吧！”先生笑着说：“你先看看嘛。”我气冲冲地接过拖鞋，将底子翻转来，我要拿出证据，义正词严地告诉他，别拿烂拖鞋来哄我了。哪知我把拖鞋翻转过来的时候，傻眼了。拖鞋的底子已非原物，以前的烂鞋底已被一双好鞋底取代了。拿着拖鞋愣怔着，我不知道该说什么好，平时伶牙俐齿的我竟然变得笨嘴笨舌了。

先生抚着我肩膀说：“我看你很喜欢这双拖鞋，鞋面漂亮质量又好。所以找了一双塑胶底把烂鞋底换了。把这双崭新的、结实的拖鞋送你作结婚纪念礼物，过不过得了关？你说的，爱人要从脚爱起！我这是严格按照你的指示办的哦！”

真的想笑，世界上哪里去找这样的结婚纪念礼物？真是土得掉渣！不过，我又想幸福地哭一场，世界上恐怕也只有我能收到这样价值连城的礼物了——当下有几个男人愿意为自己的老婆做鞋？

【点点思雨】

很少去追问爱情是什么？电视里面看到的爱情觉得不可信，因为那太回肠荡气了；书籍里面读到的爱情觉得太遥远，因为那是一种生死相许的承诺；自己所经历的爱情总觉得好像不曾存在，因为那太平铺直叙了。

直到收到先生亲手为我做的拖鞋，我才猛然惊觉，其实，爱一直在我身边。我一直在心安理得地享受着先生给予我的爱，只是我少了一双善于发现的慧眼。

真正的爱情不是用嘴巴来抒情，也不是用文字来表白，而是用实实在在的行动来表达！

（钟　杰　广东省深圳市光明中学）

白开水般的爱情

很多人都觉得我找他是个错误，我也曾经这样认为。他是个普通的工人，文化不高，长得不帅。之所以找他，完全是因为我找对象的标准很低——避免我妈妈的遭遇。因为我爸爸妈妈都很强势，他们打了一辈子架。所以我选择了老实厚道的他。

也许是教语文的缘故，我有点小资情调，内心渴望花前月下的浪漫，海誓山盟的甜蜜。但和他生活 20 多年了，好像他给我的都不是我想要的，我想要的他都给不了。我常常觉得很失落，很纠结，甚至很痛苦，因为这平淡如同白开水般的爱情，并不是我所期望的。

磕磕绊绊地过了 20 多年，我渐渐习惯了这样淡而无味的日子。经历的事情多了，见的人多了，对爱情也有了更理性的认识。生活中固然有刻骨铭心、如胶似漆的爱情，但平平淡淡才是真感情。留一下心，忽然发现在柴米油盐酱醋茶的琐碎小事中，他的爱还很浓烈呢!

我很粗心，总是丢三落四，而他很细心，每次外出学习或者开会，为我整理皮箱的总是他。怕我忘记给手机充电，他特意配了两块电池，充好电后放进箱子里。有时我出门忘记了带钥匙，只要一个电话，无论多远，他都会乐呵呵地赶回来开门。

我的工作很累，当班主任，教两个班的语文，每周还有至少两节晚自习，他主动承担了很多家务。家里离学校远，上完晚自习常常快十点了，他不放心，坚持来学校接我，从不迟到，风雨无阻。经济条件差时，我俩骑着自行车往家赶。寂寞的街道，昏黄的路灯，我俩匆匆赶路，话不多，但心里很踏实。后来生活好些了，买了汽车，他开车在门口等我，我一上车，就累得瘫坐在车上，一言不发，闭目养神，他绝不打搅，默默开车。他早晨上班时间是八点，我是七点，他看我每天自己骑车太辛苦，就又每天早起送我。这样的日子坚持了 9 年，直到我从实验中学调走。回忆起来，那时的生活也是一种浪漫吧！

我花钱大手大脚，他却很节俭，但他抠门只是对自己，对我和孩子却从不吝啬。每次想给他买件衣服，他总说：“不用，我有好多衣服呢！”我先斩后奏给他买来了，他会抱怨半天。可我给自己买来衣服，他会美美地欣赏，认真地品评，说：“只要好看，花多少钱都值。”

从没有夸过他，这一拉开话匣子，却竟然没完没了。因为有字数限制，这里暂且省略一千字吧！

人们常说，“白开水最养人。”细细想一想，还真是。每天守着自己的这杯白开水，其实就是琼浆玉液。只是有时看花了眼，对眼前廉价但最实用的白开水没有珍惜罢了。当我们在一起走过风风雨雨，彼此习惯了，适应了，欣赏了，相互照应和陪伴，谁也离不开谁了，亲情也就浓了，爱情也就深了，家庭也就和谐了。

【点点思雨】

生活不是电视剧，缠绵悱恻的爱情故事离我们很远，但我们每个人都是自己爱情生活的主角，剧情如何发展由我们自己决定。我们都知道，在渴了的时候，自然会想到白开水，因为只有它最解渴；而不渴的时候，往往又忽略了它的存在。爱情亦是如此。生活是真实的，爱情也是真实的，而真实的爱情就像白开水一样，虽然无味，但不可缺。当我们都能认识到“最好的爱情就像白开水”时，我们就走在了通往幸福的路上！

（王国明　河北省涿州市双塔中学）

平平淡淡才是真

一个周日的傍晚，我和老公骑着自行车从他父母那里回来。天刚下过雨，路泥泞难走，有好几次我都差点摔倒，我不得不十二万分的小心。可是一不留神，车子压到了一道棱上，我自己都不知道怎么回事就飞了出去，摔倒在五六米以外的路上。

老公吓坏了，他扔下车子，飞一样地跑到我身边，一把把我抱在怀里，脸色煞白，一声声焦急地喊我，声音里充满了恐惧。幸运的是，虽然摔得重了些，但我却没什么大碍。只是我从没有听过老公发出过这种声音，我想笑，想告诉他我没事，可是我忍住了。我决定继续装晕，想借此试试我在他心中的地位。

说实话，我对自己的婚姻一直不太满意。我和老公是经别人介绍认识的，老公文化不高，但他吃苦耐劳，这在农村应该算是比较合适的结婚对象了。

谈恋爱时，他只知道一心一意地对我好，却从来不会玩什么浪漫。没有玫瑰，没有烛火，没有动人心魄的求婚，一切都是那么平淡。对于读着琼瑶的小说长大、喜欢小资情调的我来说，心里总觉得缺了点什么，一直挺遗憾的。

婚后的生活没有想象中的美好，风花雪月的梦想逐渐消磨在柴米油盐的日子中。我一直喜欢文学，愿意舞文弄墨，写点情感小文，可是老公不理解我这份情怀，也不懂我。面对不解风情的老公，一种失落的情绪渐渐在心中蔓延开来。于是婚姻生活不再平静，多了一些火药味。每一次争吵过后，我都痛心疾首，深为自己错误的选择而悔恨，觉得自己选错了结婚对象。

于是我陷入了一种怪圈，越不满意越吵，越吵就越不满意。我告诉自己这不是我想要的生活，我想要的是琼瑶小说中那种刻骨铭心的爱情，那种不食人间烟火的婚姻，所以有几次我们都走到了离婚的边缘。

看我一直没有反应，老公被吓蒙了，眼泪一下子就流出来了。眯着眼，看着老公一把鼻涕一把泪的伤心欲绝的样子，我觉得戏也差不多应该收场了。老公在我面前一直是强大有力的，我从没看过他这么软弱、无助，我怕真的吓到他，于是开口说话了，告诉他我没事。听到我说话，看到我真的没事，老公把我抱得更紧了，他一边擦眼泪一边说："刚才真的是吓死我了，看到你晕过去，我心里满是绝望，我就想了，如果你有个三长两短，我也活不下去了。"听着老公的话，本来想笑的我，却忍不住热泪盈眶，我也紧紧抱住了他。这时我才明白，什么是夫妻，什么是真爱。

仔细想想，生活就是这样，平凡而琐碎，但却有爱的陪伴。年轻的时候，我们以为真爱就是花前月下、浪漫潇洒，我们拼命地去追寻梦想中的生活，却往往忽略了眼前真实的生活，忽略了身边深爱自己的人。平凡的爱情虽然不浪漫，但却是实实在在的。不管何时回首，这个人始终陪伴在你身边，与你共同分享着苦与乐，共同面对着生活中的风风雨雨。其实，挂在嘴上的不是爱，能够相伴一生，经得起时间和生活考验的才是真爱。

【点点思雨】

婚姻就像鞋子，青春年少时期，我们喜欢浪漫和新鲜，追求的是精美的外表，华丽的装饰，别人羡慕的眼光，追求的是与众不同，张扬个性。然而，很多时候，我们穿着漂亮的新鞋子却走不了路。这时我们才想到那双舒适的布鞋，虽然外表普通，却是最合脚的。当热恋的激情退却后，婚姻生活里更多的是平淡。当生活偏离了我们最初的追求时，我们需要保持平和的心态，用心去耕耘，用爱去浇灌，让婚姻之树长青。

（张立杰　黑龙江省海林林业局第二中学）

这一路走来

“这一路走来，总最怀念最初的坦白，啦啦啦啦啦，我这一路走来……”耳旁又萦绕着杨宗纬的《这一路走来》，我的思绪也回到了我们这一路走来的日子。

一

“何，你晚上六点去大公园一趟，告诉她我实在去不了了，让她不用等我了，行吗？”

这是我和老婆当年第二次约会的时候发生的事情，我竟然找人替我去和她约会。

怎么回事呢？那天中午放学后，我班的一名学生在外面给自行车打气的时候与别人起了冲突，结果被人用打气筒把头打伤了。我得到这个消息后就马上把孩子送到了医院，陪着他做各种检查。由于当时无法联系到家长，我就一边咨询医生，一边护理着他，直到家长下班从家里得知消息后赶过来，我才松了一口气。因为当时情况紧急，来不及通知我未来的老婆，我只好拜托朋友替我去约会。

然而老婆却无怨无悔地嫁给了我。只是每次朋友聚会，何就会用替我约会这件事情来拿我们开涮。

二

“怎样啊，老婆，我还要回去上班呢。”

“满肺里都是积水，你还上什么班？”

老婆怒了，我赶紧乖乖地跟着她去看医生，结果当即住院。

那段时间，孩子还小，老婆既要带孩子，又要照顾我，我药物反应很强烈，老婆带着我这儿看、那儿瞧，跑了很多相关医院，急了的时候甚至还去农村看老中医找偏方。

老婆埋怨我拼命工作，但当我病情有些好转，偷偷跑回学校上课时，她什么都没说，只是对我的照顾却更悉心了。

三

“老婆，我去洗碗吧。”

“得了，我今天过来不就是为你们父子俩吗，你忙你的去吧，我也没有什么事情。”

因为我和儿子现在都在中央民族大学附中，老婆一到休息就从顺义赶过来，给我们做些好吃的，改善我们的生活。

和老婆一路走来，已经差不多20年了，这20年的感觉还真的就是王力宏歌中唱的那样：柴米油盐酱醋茶，一点一滴都是幸福在发芽。月儿弯弯爱的傻，有了你什么都不差。给你快乐无论白天黑夜，握紧双手就算刮风下雨，我就是要你，要你待在我身边。

【点点思雨】

周国平说，真正打动人的感情总是朴实无华的，它不出声，不张扬，埋得很深。

我和老婆这一路走来，没有什么花前月下、海誓山盟，但是在一起久了，却有不尽的平和、舒畅与温暖。也许过日子就是这样，彼此珍惜，哪怕只是夏日里的一块冰镇西瓜、冬日里的一条小围脖，虽然不值多少钱，但是却千金不换。

也许正如培根所说：平淡，是另一种浪漫。爱情就像银行里存一笔钱，能欣赏对方的优点，就像补充收入；容忍对方缺点，这是节制支出。所谓永恒的爱，是从红颜爱到白发，从花开爱到花残。

（全　斌　北京市中央民族大学附属中学）

淡淡若水的爱

读过那么多描写爱情的诗句，唯独裴多菲的诗让我一直迷恋至今。

“我愿意是急流，山里的小河，在崎岖的路上、岩石上经过……只要我的爱人是一条小鱼，在我的浪花中快乐地游来游去。”

“我愿意是荒林，在河流的两岸，对一阵阵的狂风，勇敢地作战……只要我的爱人是一只小鸟，在我的稠密的树枝间做窠、鸣叫。”

……

谁不渴望这样的爱？我相信世间平凡的人们拥有最多的也是这样的一种爱：“我能想到最浪漫的事，就是和你一起慢慢变老，一路上收藏点点滴滴的欢笑，留到以后坐着摇椅慢慢聊……”

我想起了自己的爱情，是属于很平静、很平淡的那一种。那是一个初秋的夜晚，我和他漫步在街头。夜风骤起，我不由地一阵寒战。身旁的他想都没想，很自然地脱下了身上的外衣，给我穿在身上，并细心地为我一个一个地系好扣子。一旁摆摊的老太太冲着我直乐，她说：“姑娘，你好福气啊。”那天，他第一次把我的手小心地放进他那宽大的手掌里，而我也在这一刻下决心要嫁给这个人。后来，这个人成了我的先生。

我的先生属于那种天生嘴拙的人，我也好像从来没有听他说过爱我之类的话。有时我们并肩坐着看电视，看着电视里上演的一出出风花雪月的故事，听着男女主人公一句句令人耳热心跳的对白，我就会打趣说：“嗨，你看看人家，轰轰烈烈的，那才叫爱呢。”他只是笑笑，因为他知道，他对我的爱不必费心解说，我自然就能明了。

我当然明了。当我下了班急匆匆地往家里赶，猛一抬头，见他早已站在路口急切地张望时；当他很自然地接过我手中的包，牵住我的手一起慢慢走回家时；当他回来晚了，大踏步地走进家门，喘着气喊着我的名字时；当夏天烈日炎炎，他一声不响地买回一盒防晒霜置于我的书桌上时；当我在深夜里静静地看着书，他走过来，轻轻地揉我的头发，示意我早些休息时……我知道，他对我的爱就融在这细密的关怀里。

静默时，我经常会为拥有这份淡淡若水的爱情而心跳，它总让我在不经意间闻到爱情的清香。我不太喜欢赤裸裸的表白，我愿意把爱放在心里。我只知道，看见他我是欢喜的，和他在一起我是满足的。我也知道，只要我开心，他会为了我去做任何我喜欢的事。不知道这样的爱，是不是也很值得？

我喜欢裴多菲所描述的那种爱，我愿意，和所爱的人一起慢慢变老。

【点点思雨】

在心里，我始终向往着这样一种爱情：淡淡若水，清澈宁静，波澜不惊，在无声无息中孕育着最真的爱，最深的情。累了，有厚实的肩膀可以依靠；困了，有宽阔的胸膛可以依偎；冷了，有宽大的手掌可以温暖。和他在一起，我是快乐的游鱼，自由来去；我是欢畅的鸟儿，自在歌唱。一路牵手，一路行走，一起慢慢变老，对于我来讲，这就是最浪漫的事。

（钱碧玉　江苏省锡山高级中学实验学校）

暖人心窝的“千层底”

“最爱穿的鞋是妈妈纳的千层底儿，站得稳，走得正，踏踏实实闯天下……”每每听到解晓东的这首《中国娃》时，幸福之感便油然而生。是呀！多么温暖舒适的千层底呀！不过现在会做千层底的人越来越少了，能有幸穿千层底的人自然也不多，值得欣慰的是，我就是这些幸运的人中的一位，先是得益于母亲，后是得益于母亲的弟子——妻子。

记得以前每年农忙刚过，母亲就开始着手准备她的“温暖”工程：找旧布、打袼褙、搓麻线、纳鞋底、做鞋面、绱鞋子……一个人熬深夜陪油灯地赶着。时间流逝，母亲老了，记性差了，眼也不好使了，叹息声也日渐多起来——“刚还用过剪刀，怎么一下就找不到了？”“人老了没用了，鞋底也纳不动了，以后你们想穿布鞋也就难啦，唉！”母亲摇头叹息着。

说者无意，听者有心。之后的一段时间，妻子总神秘兮兮地往母亲的房间里钻，还关着门，也不知道她们在干些什么。直到有一天，一双黑灯芯绒布鞋摆在我面前时，我才恍然大悟，原来妻子拜师学艺了。虽然那“处女作”不咋地：鞋底凹凸不平、针脚参差不齐、鞋面也绱歪了，但我觉得它特别让人舒心。我第二天就穿着它上班去了，走起路来鞋带一甩一甩的，真够气派！

“哇！你的妻子太有才啦，还会做千层底布鞋！”“你真幸福！我家的那位整天只会‘筑长城’。”“我是汗脚，星期天找遍整条街都没能买到称心的布鞋。”……

当同事们知道我所穿的布鞋是妻子做的时，话匣子一下就打开了。听着他们的议论，我心里美滋滋的。

几年的刻苦用功，妻子不但掌握了母亲的绝学，更有创新，鞋子越做越精美，款式也越来越丰富。秋天的单鞋，冬天的棉鞋；

大人的鞋，孩子的鞋；鞋面上镶气眼穿鞋带的、鞋帮上缝鞋绊钉扣子的……应有尽有。

每到天冷时，她便会变戏法似的，将一双双布鞋发到家人的手里，人人都有份，个个都不缺。见妻子这样辛劳，我心里真过意不去，便故意说："布鞋能值几个钱，还是别做了，买几双得了。"

"你知道个啥？这是废物利用，既绿色环保、有益健康，又能充实生活、传承文明。这是用钱能衡量的吗？"妻子反驳道。

"是呀，男人没当过家，哪知柴米贵？小邓，别理他！"母亲马上在旁边帮衬。

说来也怪，自从妻子学会了做鞋，她的牌也戒了，母亲的唠叨也没了，她俩完全成了志同道合的战友，什么事母亲总帮着她跟我较劲。哪像以前——"你媳妇也该管管了，那麻将牌能当饭吃吗？""要是打牌能致富，我们现在可就享福啰，哎。"……

真没想到，这千层底布鞋，为我们家带来了其乐融融的生活，不仅温暖了全家人的脚，更温暖了每个人的心。

幸福生活原来这么简单！

【点点思雨】

幸福是什么？一千个人有一千种答案。郭明义说："帮助别人，快乐自己。"李素丽说："辛苦我一个，方便众乘客。"对妻子来说，幸福就是晚饭后盘腿坐在床上一针一线纳着鞋底，心中想着家人在寒冷的冬天穿上棉鞋时喜悦的样子。

"千层底"的意义不在于它多么金贵，而在于其中包含的做鞋的那颗暖人的心。妻子用她那颗善解人意的心，通过拜师学艺的方式，表达对婆婆的敬重；用她那双长满茧子的手和晶莹剔透的汗水，为我们纳出了幸福。

（罗立红　湖南省邵阳县五峰铺六里桥中学）

愿岁月如斯，长相伴

我们都是“80后”，出生于不同的农村，在不同的农村读完小学和初中，然后过五关斩六将，挤过独木桥，拼入不同县城中最好的高中。

高中三年，我们共同经历了高考形式从文理分科到大综合考试，再由大综合考试到文综和理综。分分合合的班级，密密麻麻的座位，行色匆匆的同学……我们关于高中的记忆似乎都是繁杂而又模糊不清的。幸运的是，我们高考时，大学开始扩招了。不幸的是，我们毕业的时候适逢大学毕业生就业难。经历了一场又一场的笔试和面试，我们都在各自参加的招聘考试中名列前茅，那一刻，在幸运之神的关照下，我们这两个来自农村的孩子在毕业即失业的年代里，在这个城市里有了属于自己的“铁饭碗”。

谈起愿望，他说，小时候，乡下有个“换碗”的小贩，赶着一辆毛驴车，吆喝着人家用废铁烂铜来“换”他的碗，走街串巷只为糊口。但是每当冬天的中午，太阳很好的时候，小贩就把驴车停在背风的地方，躺在上面眯着眼睡个懒觉。他说，小贩的那种悠闲自得很令他向往。

而我，似乎从小时候起就有一个画面真实地存在于脑海，宽敞明亮的房间里，有和煦的阳光笼罩，我坐在阳光下眯着眼睛，任阳光明晃晃地往我身上泼洒，房前屋后有芳草满地，绿荫片片。

我们的经历何其相同，我们的愿望何其相似！

我曾经异常羡慕一见钟情的浪漫，也向往能遇上惊天动地、缠绵悱恻的爱情故事，所以我一度觉得我们的相遇跟想象相差太远。但多年后想起当初的相遇，却恰也应了那句话：于千万人之中遇到你所遇见的人，于千万年之中，时间的无涯的荒野里，没有早一步，也没有晚一步。

我们结婚五年来，虽然我上班的时间比他早，但每天早上起床准备早餐的都是他。他准备好早餐之后就开始叫我起床，一遍一遍不厌其烦，我往往闭着眼睛假装未醒，让他讲笑话逗我，或假装生气地起来。

我下楼，餐桌上，饭早已经盛好，温度不热不冷，我坐下吃饭，他也坐下，边和我聊天边帮我剥鸡蛋。

我每天天不亮就要出门上班，冬日寒风刺骨。他知道我会伤感，便用细心周到，给我的每一天一个温暖的开始。

我感念他的体贴，便赠他以贤惠。

孩子出生后的这三年，我们也曾手忙脚乱，但很快就回到了正常的生活轨道，学业和事业也开始有了进步。他通过了中级经济师、中级统计师的考试，而我也开始在报纸上发表文章。我们把孩子养得聪明健康，在为人父母的同时一起成长。

愿岁月如斯，长相伴。

【点点思雨】

曾经固执地以为结婚生子对一个女人的专业发展会有负面影响，不然，全国有那么多的女教师，为什么出类拔萃的教师却大多都是男士？也曾暗下决心，等孩子大一点一定要努力进取，把生养孩子那几年耽误的时间补回来。但最近家里遇到一些事情，孩子带给我宽慰，他则与我一起分担，相互扶持前行。我有感于心，重新用30岁女人的眼光仔细打量自己的爱情，才发现，原来从一开始我们就是同路人，感谢有你，愿长相伴！

（刘新平　河南省安阳市殷都实验中学）

老公的“三字经”

“回来了。”夜半三更接到他的电话。

每次外出回来，他总是给我这三个字，有了这三个字，我便心安。

起身，披衣，为他开门。

他站在我面前，一脸憔悴，两眼血丝，满身尘土，浑身还带着寒风凛冽的气息。一看便知，他千里奔波，又是一夜无眠。

“事情进展得怎样？”我问。

他说：“会好的。”

“会好的！”结婚十几年了，遇上大事，他总是给我这三个字，冷静而又理性。有了这三个字，一家老小便有了依靠。我们总是坚信一切都“会好的”。

“唉，当年我慎重点就好了。”我的叹气声里夹杂着后悔。

他笑说：“感谢他，没有他，我们哪有进步啊。”

可毕竟祸是我闯下的。2010 年 8 月，由于工作调动，我想卖掉广东的房子。可在交易的过程中，由于轻信买方，缺乏防范意识，我一步步走进买方设计的圈套中，导致买方住进了我的房子又办好了过户手续却一直不付房款。无奈之下，我们只好向法院提起诉讼。繁重的教学工作，再加上对世事缺乏经验，我实在无力解决这么大的难题。

“对不起……”我帮不上忙的时候，只有道歉，道歉中含有太多的内容：为自己没有一双慧眼看清和善面庞下的狡诈而道歉，为自己犯下的过失而懊悔，为自己无力解决眼前的问题而自责。可是，无尽的道歉、懊恨和自责都无法改变已经发生的事情。官司打了三年，他奔波了三年。为了这场官司，他读了不少法律专业的书，请教了不少法律方面的专家。

我垂下脑袋，神情沮丧，沉默不语。

他拍拍我，笑了："有我呢！"

"有我呢。"——在他众多的"三字经"中，这是他最常用的口头禅。

以前，当他说出这三个字的时候，我总是满不在乎地回击他："切！"

是的，我渴望有他的时候，却总是没有他。生日的时候，我希望他捧着一束鲜花出现在我面前，他却总是在事后说"我忘了"；结婚纪念日的时候，我希望他约我去看一场电影，他却总是说"没必要"；女儿家长会的时候，我希望他能一起去，他却总是说"没时间"。为此，我怪他不浪漫、不体贴，骂他工作狂。

可是，当家庭遭遇重大事件的时候，他总是说，"有我呢！"当他一次又一次地说"有我呢"的时候，我感觉到的是安全和温暖。简简单单的三个字，没有"我爱你"的深情，有的是握在手心的踏实、靠在胸膛的安稳和浓浓的亲情。

困难，还在；路途，还远。但每当听到他简简单单的三个字，我就心安、踏实。

【点点思雨】

时光流逝，我们渐渐在岁月的磨刀石上老了容颜；静水流深，我们慢慢在时间的深处读懂了爱情；岁月荏苒，我们渐渐在生活的大课堂里明白了婚姻。不是每一种浪漫都是花前月下的卿卿我我，不是每一份爱情都有鲜花美酒电影。有一种浪漫是遭遇困难时的相依相靠，有一份永恒是面对坎坷时的不离不弃。当爱情走上婚姻的红地毯，迎接爱情的不是坟墓，而是共同营造的亲情心屋。在亲情心屋里，最简单的语言，表达的是最深最浓的亲情。

（黎志新　广西壮族自治区百色高级中学）

用平常心过好平凡日子

我不喜欢言语，很多时候，爱人只看着我的行动。正因为如此，爱人喜欢和我坐在一起沉默。爱人开口就是这句：“你知道的，我爱的就是你的厚道。”一句话说了十几年不变一点味儿。其实，爱人也是个话不多的人。我们是老实人遇到了忠厚人。

我们从恋爱到进入婚姻殿堂，只经过了365天。去领结婚证时，当社区主任的父亲对我说：“会过日子才是真爱情！”

开门七件事，成了第一张爱情考试卷。

我对锅碗瓢盆的世界一无所知，爱人就耐着性子，手把手教我。从教我炒白菜开始，到让我自己炖猪蹄。我学会了进厨房，接着爱上了厅堂。

爱人说：“不会休息的人就不会工作。”我微笑着说：“这是你的实践经验吗？这是真理！”爱人说：“厅堂也是用来休息的地方。所以要准备好一些水果。边坐着边吃着，那才叫生活。”

自从家里新买了一台电视机后，爱人总喜欢告诉我：“多看点健康的节目，尤其是厨房小常识和家庭类节目。”

我们都是上班族，只有周末才是属于自己的时间。爱人是生活的七巧板，她能将五谷杂粮翻出花样弄成一桌鲜美的佳肴。

在做家务方面，我是爱人的“准学生”。

第一次买菜。进入农贸市场，人头攒动。爱人对我说：“小心扒手！”我赶紧捂紧口袋。“这白菜多少钱一斤？”我第一次问价，心里没有底，“就买一斤。”卖菜的说一元一斤，我就买了回家。爱人说：“我担心你不会买，果真不会。白菜是五角一斤。”

斤斤计较是爱人的生活秘籍。“生活不是演虚幻戏，要实实在在过日子。五角钱还可以买一个馒头，买一杯豆浆，买半斤橘子。”疑惑之间，眼珠子转悠起来。我的眼里似乎多了一点什么东西。

爱人不是小气的人，雅安地震捐款她是社区个人捐款捐得最多的。爱人对邻居说：“捐多点，灾区人就少点忧愁。”爱人班上的一名学生在读大学时，由于家庭贫困差点辍学，爱人一次送了他 5000 元。为此，爱人还第一次上了电视。

第一次弹棉被。天寒地冻的大雪日子，爱人选了一位师傅：“您这儿的棉被弹得熟软，睡得香甜。”师傅笑着说：“你很会夸人啊，我少收你 20 元。”

“不行不行！您是小本生意，不行！”爱人说起话来，很大方。“就算是交个朋友吧。”师傅的丈夫也笑着说。

爱人喜欢旅游，因为是学体育的，爱上锻炼是可以理解的。可是，年年旅行，我们连本省都没有出过。爱人的理论是：远游费时费力，近游省时省钱。其实，我们每年都要旅游，一般都是坐着“双胎”车（步行）。所以，我们基本上是锻炼身体性质的旅行。

爱人有散文家的心态，走进本地的一个农庄，她笑着说：“旅行的目的不是累，而是为了放松。走遍天下，看的都是这样的山水。”我心里明白，爱人是为了省下钱来，多做些“大”事。

【点点思雨】

爱情是一首歌，是一段路，是一座山。歌，可以夫唱妻和；路，可以搀扶着慢慢走过；山，可以相伴着攀登一座又一座！点燃一支祝愿的红烛，摆上一个真诚的蛋糕，闭上幸福的双眼，把爱情带回心灵的家，让有情人住在一座诗意的宝殿。古往今来，爱情是亘古不变的话题，从爱开始，到爱结束，把爱看成爱，当成爱，好好珍惜。过日子，就是过平凡的生活，用平常心过，才是真生活。做会过日子的班主任，当学生喜欢的好老师。这也是我们的爱情内涵。

（黄长贵　江西省宜春市上高县田心中学）

让爱成为一种习惯

提笔凝思，回顾17年的婚姻，想找到一些令我感动的瞬间。最后我奇怪地发现，我一直深感自豪的幸福婚姻，原来是那么平淡无奇。

我和老公是初中加高中六年的同窗，考上不同的大学后，我们开始了恋爱，也开始了每周一封的鸿雁传书。经历了大学四年的分分合合，经历了毕业分配的两地分隔，1997年的冬季，一无所有的我们走进了婚姻的殿堂。

一年后，我怀孕了。远在三门峡工作的他毅然辞去了不错的工作，来到郑州重新开始打拼。有一段时间，我们没有多余的钱租房子，就住在学校的办公室内。现在想想挺苦的，但是那时候只有厮守的幸福。

孩子出生了，我躺在医院的床上，老公白天上班，晚上还要照顾我，他经常累得倒头就睡。当他故作轻松地告诉我，不要担心，已经借了同事三千元交了住院费时，我看着襁褓中的女儿，心里有一种莫名的压力和感动。

有了女儿，不方便住在办公室，我们就搬到了新家——一个没有铺地板的新房。

有了女儿，老公常说他有了两个宝贝——大宝贝和小宝贝，他的人生愿望就是让两个宝贝过上幸福的生活。

渴了，我们会大喊："我们要喝水，送水来！"想吃水果了，我们会喊："切好水果，放盘子里！"晚上洗脚，他会打好热水端过来，还负责每天洗我们的袜子……他整天笑呵呵的，似乎这就是他最幸福的时刻。

14年不知不觉过去了，我们已经年过不惑，女儿也读八年级了，无论是住在"外面下大雨、屋内下小雨"的老房子，还是在

150 平方米的三室两厅两卫，或者是在为方便女儿上学租住的 40 多平方米的小居室；无论是骑自行车，还是电动车，或者开私家车，只要我们一家三口在一起，就有一种家的感觉。

外出游玩、散步时，我和老公总是手拉手，单位同事笑着说："你们怎么还像谈恋爱？"是呀！我们的每一天都是在谈恋爱。因为结婚 17 年，我每一天都有一种恋爱的感觉，老公在家的时候，似乎习以为常；一旦他出差在外，我总是失眠，似乎少了一种安全感！

在点点滴滴的回忆中，我的思绪没有太大的起伏，只有一种平平淡淡的感觉，似乎一切就应该是那个样子。也许是命中注定，我与老公的相遇、相知、相伴、相守，都是那样真实、自然，久而久之，爱就成为了一种习惯。

平平淡淡才是真！当爱成为一种习惯，收获的只有幸福！

【点点思雨】

人生的旅途中，遇到一个爱你的人，正巧他也是你爱的人，是一种千年修来的缘分。珍惜彼此间的缘分，用宽容的心态对待你生命中那个最重要的人，学会享受一个小女人的幸福和快乐。用爱心经营家庭这个温馨的港湾，让它成为你们的避风港和加油站。不要祈求太多，不要彼此抱怨，手牵手相伴人生路，心连心共筑温馨家园。终有一天你会明白，婚姻爱情就像盐，看似朴实无华，却是生活的必需品。

（陈爱勤　河南省郑州市第六十中学）

杯水之爱

走过灿烂如花的校园恋情，跨过醇如美酒的新婚燕尔，熬过涩如青柿的七年之痒，我们的爱情也步入了平淡如水的时期。心灵的天空不知什么时候多了一抹淡淡的薄云，硬是在湛蓝之上蒙上一层浅浅的灰。

今天，我35岁了。对女人来说，这是一个只能用句号来结尾的年龄了吧。时光就像手中握不住的沙子，一点点钻出指缝的岂止是青春年华、笑靥如花，还有令人怦然心动的激情与爱意。自从有了孩子，过生日便成了合家欢，心里总觉得少了点什么。今年这个生日更是“特别”。

阴冷的风不停地宣泄着它的情绪，毫不留情地将气温扯到了-7℃。老公出差了，连个短信也没有，而我要坐在教室里上晚自习到十点，再顶着寒风蹬着自行车回家。想到这些，清冷的感觉就在身体里不停地流窜。下了晚自习，用羽绒服、帽子、围巾把自己裹了个严严实实，却还是在走出教学楼的瞬间，被冷风吹得瑟瑟发抖。

出了校门，突然发现我家的车停在路边。早上老公不是把车开到机场了吗？不是明天才能回来吗？疑惑间，他已经接过了我的自行车并将它放回学校。上了车，他递给我一杯水，热热的又不太烫，正是我最喜欢的温度，刚好能够大口大口地吞下去，温暖的感觉瞬间渗透了四肢百骸。这种感觉太熟悉了，冬天，每一个他在家的晚上，我都能在第一时间喝到这样一杯水，驱走寒气，而我却很少能亲手晾出温度恰好的水。

“啊……好舒服啊，这种水得晾多久？”他一愣，显然没料到我会问这样的问题，想了想说：“你的水杯，整杯开水，开盖儿晾25分钟，你喝刚好。”

“那我如果到家晚了呢？”我追问。他笑了笑说：“再兑点热水，你喜欢喝稍微热点儿的水。”

“那，今天的水……”“水是在机场接的，水温本来就不太高，刚才试了一下，有点儿烫，又打开盖儿晾了一会儿。”

我没有再去追问“一会儿”是什么样的概念，只是觉得有一股酸意直冲向鼻子，蔓延到眼睛。

原来简简单单的一杯热水里竟有这么多心意，原来“一会儿”也是满满的爱。显然，夏天，我每天到家叫嚣着“热死了”，一口饮尽的凉爽而又不会很冰的水也不是他随手递给我的；换季时节，爱上火嗓子痛的我，喝的加了秋梨膏的冰糖梨水更不是随随便便熬出来的。

“怎么不说话了，这么安静？”老公轻声问。“没有，就是……很感动。”

他笑了，轻轻地握住我的手，说：“生日快乐！”我紧紧地握住他的手，什么话也没有说。看着身边这个满身疲惫的男人，捧着这杯充满爱意的水，任他带着我回家，这就是我要的幸福。

外面的天很黑，我的心却很亮很亮；外面的天很冷，我的心却很热很热！

【点点思雨】

在我们平凡的生命里，没有甜蜜得催人泪下、痛苦得天崩地裂的爱情故事，有的只是平淡如水的生活。每天围着“柴米油盐酱醋茶”打转，言语间少了撒娇，多了牢骚；拥抱中少了激情，多了平静。但仔细品味，还是会发现爱的足迹：一起走时，他始终在我左边；过路口时他会习惯地牵住我的手；他会听着我的脚步声，在我到家的前一秒打开房门……这就是我们的爱情，在平凡的生活中酝酿出别样的浪漫。这样牵手一生，就是幸福！

（贾焱鑫　河北省石家庄市第四十二中学）

18元的礼物

周末吃过早饭，沏一杯热茶，打开《班主任专业成长100个千字妙招》，享受同仁们带来的恬静与安详，一缕缕清香沁人心脾。

“来，给我涂上点染发膏。”妻子在一旁召唤。拨开妻子的头发，我简直不敢相信这就是已经陪伴我走过13年的妻子。每根头发从发根向外大约5～6厘米都是白的，再向外就是她以前染过的黑色，白色从黑发间隙透出来，斑斑驳驳地从头顶向外扩散成一个不规整的圆，泛着暗白色，没有多么扎眼，却深深地扎在我心上。

妻子非常朴实，从来不化妆，对穿戴也不讲究。2008年，我们在城里买了一套三居室的房子，银行贷款30多万元，从此日子过得更加拮据，妻子也就更舍不得花钱了。因为在理发店染发每次需要30元，而买瓶染发膏只需十元，而且一瓶染发膏能用四次，所以她就从理发店里买了瓶染发膏回家，我就成了无需支付劳务费的“服务生”了。

13年前，我认识了她，没有花前月下、卿卿我我，只是感觉对脾气，合得来，我们就张罗着结婚了。那时，我家很穷，母亲体弱多病，全家仅有的4400元积蓄也是硬生生攒出来的。就凭这仅有的4400元钱，在朋友的祝福声中，我俩走到了一起。什么项链、戒指之类的奢侈品，对我们来说，是只有在梦境里才有可能拥有的，善解人意的妻子从来没有“要”的念头。婚后的生活平淡得像蒸馏水，我们各自干着属于自己的事情，像自行车的两个和谐转动的车轮。后来，看到别人进行“爱情保鲜”，我很羡慕，因为不善于表达，所以买一份礼物送给亲爱的妻子成了我的梦想，可是这个梦想只存在于头脑里，并没有转化为行动。

今年的妇女节，我鼓足勇气走进了学校附近的一家精品店。

经过一番讨价还价，花了 18 元买了一款小花瓶。它小巧玲珑，有大约 20 厘米高，像观音菩萨手里拿着的净水瓶，花瓶的四周有四根立柱，背面立着一片长方形的镜子，显得别致、优雅。当我满心欢喜地把花瓶托到她面前时，她脸上露出难以掩饰的笑容，嘴里却说："谁稀罕……"

第二天，小花瓶就端端正正地摆在了女儿的书桌上，和台灯一左一右，遥相呼应。花瓶里还插着两枝含苞待放的连翘，嫩黄色的花苞努力地鼓着，像小嘴巴正要开启，非常可人。花苞跟花瓶浑然一体，相映成趣。

从此以后，贤惠的妻子就多了一项家务——给花瓶换水。每次花期刚过，又换成新的，并且品种不断变化，大的、小的、红的、粉的、香的、艳的应有尽有，从热情奔放的玫瑰到雍容华贵的牡丹；从淡雅纯洁的百合到羞涩迷人的桂花；从钟爱艳阳的迎春花到秋后傲霜的菊花，真是"一瓶装四季，和睦值万金"。

"怎么停了？染完了？"思绪被拉了回来，我不禁扭头瞄了一眼小小的花瓶，一枝盛开的墨菊正冲着我笑呢。

【点点思雨】

暴风骤雨、轰轰烈烈、撕心裂肺是爱，柔柔丝雨、波澜不惊、舒缓朦胧也是爱。爱在眼里，爱在手上，爱在内心深处。爱在你出门时妻子递过的雨伞里，爱在孩子上学临行时的书包里。爱是失意时的风雨共担、真心安慰，爱是得意时的善意提醒，爱是平淡无味的生活中的相知相伴。

两个人构筑的爱巢需要双方的无私付出，爱需要两个人在生活中的琐事里表达、传递、感受、领悟、回馈。

不要觉得你缺少爱，或许你缺少的是感受爱的细胞。

（许传江　山东省日照市东港区后村镇中心初中）

爱情手擀面

冬日的下午是宁静的。透过窗子看到外面灰蒙蒙的天空和抖落一身叶子之后静静伫立的树木，只有偶尔飞过的小鸟逗留在枝头的一刹那，才让我感受到冬天的呼吸。懒懒地倚在床头，随手拿本书漫无目的地翻看着……天色渐渐地暗下来了，床头橘色的灯光笼罩了一屋的温暖，却难以驱散心中的孤寂。

对我们来说，今天是一个特别的日子，难道你忘记了吗？竟让我孤灯守空房！相伴20多年来，你可从来没有这般无情无义过啊！年轻时，你总爱拿些小礼物哄我开心，一张亲手绘制的生日卡片、一只可爱的毛绒狗、一条漂亮的围巾就足以让我陶醉、满足。慢慢地，我们不再年轻，随着不可逆转的时光步入了中年，当我们不再把“爱”字挂在嘴边，便少了份浪漫与激情，多了些平淡与包容，生日礼物也悄然从小礼品变成了手擀面。

每年的今天，你都会亲自下厨，和面、擀面、切面、下锅、盛碗、上桌。热气腾腾的面里卧着两个白白胖胖的荷包蛋，飘着绿油油的葱花，葱花香味配着淡淡的面粉香味是我最喜欢的味道。犹记得你深情款款地低语：“这碗面象征着我们的爱情，平平凡凡、柔柔韧韧、长长久久，也祝愿我的小寿星长命百岁，平平安安。”在你的眼里，我好像永远都是个孩子。此时的我感觉自己是世上最幸福的女人。这碗面，被我们称为“爱情手擀面”。

在别人眼里，你是一个不拘小节、豪爽仗义的爷们儿，谁也不会把你和厨房扯上关系。的确，你平时不怎么喜欢下厨房，并且最不喜欢和面，你说那会弄得满手面粉，极不舒服。可是你却愿意为了“爱情手擀面”在厨房里笨拙地忙上半天。我曾好奇地问过你，为什么送我这份特别的生日礼物？你总是笑笑说：“当我们慢慢变老时，你就懂了。”

一年一年过去了，你亲手做的手擀面成了我每个生日的念想，每年我都会品出不同的爱的味道：浪漫的爱、温情的爱、理解的爱、包容的爱、亲情的爱……

在岁月的熔炉里，我们早已合为一体，就像左手和右手，谁离了谁都不完整，谁少了谁都会疼痛。我们是一对白手起家的平凡夫妻，生活虽不富裕，但我们有一处可以遮风避雨的房屋，有一个帅气的儿子。有你、有儿子，我便是富裕的。

正当我天马行空之际，一阵熟悉的脚步声把我拉回到现实世界，紧接着听到“哗啦啦”钥匙开门锁的声音。我笑了，是你从外地赶回来了，回来为我做那碗“爱情手擀面”……

我幸福地调亮了灯光，明亮的光照耀着你我的笑脸，温暖着冬日的夜晚，一切都明媚起来。

【点点思雨】

幸福不是房子、票子和车子的代名词，也不是名牌服饰、金银珠宝的专属品，平凡夫妻有平凡夫妻的幸福生活。有句话说得好：幸福不是房子有多大，而是房子里的笑声有多甜。同样，礼物也不在乎有多贵重，在乎的是爱人的那份心意。爱到平淡，才是一生的开始，爱到成为亲人，才是永恒。一碗面，一世情，愿你我的心，远离所有的繁华与喧嚣，在每一个平淡而温暖的日子里静静守候，守候日出日落、花开花谢，守候彼此亘古不变的爱的诺言。

（李靖华　山东省聊城市实验中学）

把爱攥在手心里

我是学中文的，读过太多的才子佳人的浪漫故事，骨子里渴望自己的爱人既英俊潇洒、温文尔雅，又浪漫多情、细腻体贴。

可是，我的丈夫却是怎样一副模样呢？首先，他个子中等，仅有一米七，出身农村，长相尚可，但还谈不上英俊潇洒。其次，他吸烟嗜酒，邋里邋遢。这与我心目中的温文尔雅、干净阳光的白马王子的形象相距甚远。谈恋爱时，迫于我的威慑，他一度烟酒不沾，可在领完结婚证的当天，他即刻钻进小卖部买了两包烟，很快地完成了从奴隶到将军的角色转变，从此与烟酒相伴至今。结婚后，他从不收拾屋子，从不手洗衣服，所有的卫生清洁工作都是我来承担。

他也不浪漫，结婚15年，他从未送过我鲜花或礼物。有一回，我和他肩并肩走在街上，一位卖花的小女孩扯着他的衣襟求买他玫瑰花，他把钱给了小女孩却不要花。见我面有愠色，他说："哎呀，花有什么好，难养易凋，不如买几个鸡腿给你吃！"

最重要的是，他从没有赞扬过我，印象中，他讽刺和揶揄我的次数倒不少。有一回我穿了一件黑白条纹的T恤，他道："斑马来啦！"生完孩子后，我的脸上长了雀斑，他说："你最好的皮肤没有长在脸上。"我个子不高，他结合我的姓名给我起了个外号"黄金瓜"，诸如此类，不胜枚举。可是，我身边不乏赞美我的人，我的形象应该没有这么糟糕。是不是他不够爱我？

静下心来，翻检过去的时光，我又分明看到另一番场景。

结婚15年，我有14年的时间都在担任班主任。每天早出晚归，节假日也少有休息。可是，他从未抱怨过我对工作的付出和对家庭的亏欠。不仅如此，我每天都要查寝到深夜十一点，是他静静地坐在车上等着接我回家。

我们九岁的女儿聪明健康，成绩优异，多才多艺。犹记得，每一个周末，我都要陪伴留校的学生，是他陪着孩子学各类才艺。我虽生了孩子，但在孩子的教养方面，他耗费的心血远比我多。

他的确不爱搞卫生，但他有一手好厨艺。有空时，他最爱为我和女儿做好吃的，女儿能眉飞色舞地历数她爸做的多道佳肴。可是，有一天婆婆告诉我，丈夫在婚前其实从未进过厨房。

女为悦己者容。想到他似乎在意我脸上的斑点，我约了一位医生，打算用激光祛斑。他得知后极力阻止，第一次认真地对我说："其实我就喜欢有雀斑的你，祛除后我会不习惯。"

行文至此，我忽然明白，虽然他不能给我缠绵悱恻的浪漫爱情，但在柴米油盐的琐碎中的坚持付出更加可贵；虽然他大大咧咧，不温柔、不细腻，但他对我全心全意，无论年轻还是衰老都能始终爱我如初，原来，世界上最朴实无华的爱早已放在我们的手心里了。

有夫如此，吾复何求？执子之手，与子偕老！

【点点思雨】

作为一名班主任，尤其是女性班主任，在面对巨大的工作压力时，往往会把负面的情绪迁移到家人身上。对爱人挑剔，对孩子苛求，长此以往，婚姻家庭生活怎会幸福美满？其实，婚姻里更多的是柴米油盐的琐碎，是磕磕绊绊的现实。没有家人的支持，我们的工作无法开展。所以，我们应该用心经营自己的感情，好好珍惜握在手心里的爱。我们要用感恩的心去对待朝夕相伴的爱人，用宽容之心去化解那些鸡毛蒜皮的小矛盾，只有这样，我们的日子才会亮丽多彩，我们的人生才会一路芬芳！

（黄金萍　湖南省长沙市明德中学）

烹制爱情盛筵

“老某，今天是星期天，可不可以给做条鱼吃呀？”

“当然可以。想怎么吃？红烧还是清炖？”

得到明确的回应后，一个身影迅速跑下楼去，骑上自行车直奔菜市场。不一会儿工夫，两条巴掌大的鲫鱼就被抛进了洗菜池。系围裙、剥葱白、切蒜瓣、洗生姜，清除未刮净的鱼鳞。随着油烟机的嗡鸣和灶台上淡蓝色火苗的升起，两条似乎还有生命特征的小鲫鱼在水中扑腾几下，便随着葱白与生姜气味的扩散而被逐渐升高的水温夺去了生命。十几分钟后，锅内的清水逐渐变白，变浓，主人便又往汤中加少许精盐，洒上一些白胡椒粉，滴上几滴香油，将乳白色的鱼汤倒在瓷碗中，放上提前切好的香菜，一道香飘四溢、营养丰富，浓白漂绿、色泽诱人的清炖鲫鱼便摆在了餐桌之上。那个灶头煲汤的同时，这边翻炒的菜肴也先后端上了餐桌。随着一声“拜托，开饭了”，一家三口便围坐在一起，开心地品尝着主人精心烹制的幸福味道。

可能你想不到的是，这个戴围裙下厨房的“老某”，不是家庭中的娇妻，而是娇妻的老公。这样的场景，也不是男主人为了讨好老婆才在星期天大“秀”厨艺，而是结婚 20 多年来我家厨房里的惯常景象。

妻子是小学教师，平日早出晚归很辛苦。为了让她每天下班后就能吃到热乎的饭菜，从结婚那天起，我就主动承包了家庭一日三餐的烹制工作。购买食材，设计菜品，择菜洗菜，谱写锅碗瓢盆交响曲，成了我家庭生活中的另一道风景。在别人看来，男子汉大丈夫每天沉溺在柴米油盐中似乎太无聊，太平淡，但平淡却恰恰是生活本身。爱情到了婚姻阶段，就主要体现在夫妻双方对待家庭的责任感上。就像每天都要下厨房一样，平淡而幸福。

所以，在家庭里我甘于做厨男，用平淡去烹制我的爱情，经营我的家庭。

妻子经常对女儿说，当初能对你老爸以身相许，就是因为他能做手擀面。假如有一天自己生病了，病床前还能吃上家人亲手擀制的热腾腾的汤面，想想也是一种幸福。看来，当初我就是凭着能下得厨房而用一根面条拴住了老婆的芳心。

俗话说："要想抓住爱人的心，先要抓住爱人的胃。"这句话用在夫妻身上真是恰如其分。即使夫妻有些矛盾，但只要我们还能够给对方做上一顿可口的饭菜，相信再大的过节也能消融。

虽然结婚 20 多年来，我很少对妻子说"爱"字，但我对她的爱，都藏进了一日三餐里。有时候，我们总是把爱情想得过于浪漫，总是觉得花前月下、山盟海誓才是爱情，殊不知，这一日三餐里的爱情，才是最有香有色有味的啊。

【点点思雨】

爱情需要烹饪，生活需要经营。会做饭的男人是可爱的，当他进入厨房的那一刻，哪怕只是煲一锅稀饭，对于妻子来讲，也是一种享受和感动。女性是感性的动物，她无需你花费巨资为她买钻戒和衣服。有时，你只需给她一声问候，或端一碗亲手煲的稀饭，就足以让她感动流泪。每天下班就围着锅台转，是家庭责任感的真切体现。爱情也往往是在这样一种他做饭我洗碗，共谱锅碗瓢盆奏鸣曲的过程中升华和发展的。

（霍　庆　河北省宣化区教师进修学校）

没有鲜花的情人节

情人节似乎和鲜花有着某种联系。

记得每到二月十四日这天，街上总有捧着大束鲜花的女孩，满脸的笑容也如花儿一般灿烂。结婚十年，仔细想来，还真的没有给我的她送过一次花。因为以前收入低，经济拮据，因为我没有送花的习惯，因为……可以找出很多很多的理由。我知道，她应该也希望在某个节日，我会像魔术师般突然双手送上一支或者一束鲜花，只是时间长了，失望的次数多了，也就不再有所期盼了。

今天又是情人节了，仍沉浸在新年欢乐中的人们，被这特殊的日子染上了几分浪漫。面对眼前的她，我在想，送个什么礼物呢？看着她年前年后因劳累而瘦削的脸庞，因没有时间打理而显得有些凌乱的头发，我想，还是陪伴着她，陪伴她打理一下头发吧。

这个情人节，我用了一个下午的时间陪她在理发店做头发。静静地坐在她旁边，看眼前和镜中那个熟悉的她，心中多了几分怜惜，几分爱恋。我们都老了吗？是啊，头上的几丝白发，眼角处几道皱纹，婚后十年的艰难岁月，点点滴滴都写在了脸上。

静静坐着，脑海中像播放电影般闪过那些刻骨铭心的片段。刚结婚时没钱也快乐的日子，妻子孕育孩子时的十月辛苦，分娩时两天三夜的疼痛；之后是全家以孩子为中心，欣喜于孩子的每一个微小的进步，憧憬着孩子美好的未来……日子在艰难中缓慢地度过。孩子小时候身体不太好，每一次生病妻子都是茶饭不思，寝食难安，等到孩子恢复健康，她却病倒了。孩子长大了，身体棒棒的，我母亲的心脏病却犯了，2008 年的年前、年后三次住院。多亏了她，既要在家照顾好孩子，又要每一餐都做好可口的饭菜，送到母亲的病床前。是的，我亏欠她的太多，太多……用什么来补偿？我在问自己，可能什么也没有，有的只能是陪伴在她的身旁了。

一阵喧闹的声音，打断了我的思绪，是身旁买回大束玫瑰的人们，其中更有憧憬着幸福的少男少女。是的，年轻人的爱，一如玫瑰，热烈、奔放，甚至轰轰烈烈。

她没有受到些许的干扰，可能是因为知道我不会去买花；我没有受到干扰，是因为我觉得爱应该像一泓清泉，不似玫瑰的热烈奔放，只是静静地流淌，滋润着一路的花花草草，浇灌出一路的绚丽芬芳！耳旁响起那首熟悉的歌谣："我能想到最浪漫的事，就是和你一起慢慢变老……"歌声也如泉水一般缓缓地流淌，流入心田，流向未来。

这个情人节，没有鲜花，有的只是静静的陪伴，陪伴在爱人的身旁。

【点点思雨】

时间像细沙一样悄然无息地从指缝间流失，不经意间，和妻结婚已经十年，在锅碗瓢盆的交响曲中不免有些磕磕碰碰。岁月悄无声息地在我们曾经光滑的脸庞印上了痕迹，细细的皱纹也爬上了眼角。回首逝去的岁月，我认为，我们的生活是幸福的。

十年，彼此拥有就足够了。平凡的我连着平凡的你，牵着彼此的手，掌心相对，紧紧相握，一起过着平凡的生活。幸福就是这么简单，它不是得到你想得到的一切，而是珍惜你所拥有的。

（方　煦　江苏省睢宁县龙集中学）

第五辑

水乳交融　相濡以沫

※一朵花会因一滴雨露鲜艳妩媚，一株草会因一缕春风摇曳多姿，一湖水会因一片落叶荡漾清波，一颗心也会因另一颗关爱的心而充满感激之情。爱情也是如此。

※在婚姻中，因为最初的一份毫无缘由的爱而结合在一起的两个人，逐渐成为彼此生命中最重要的一部分，随着柴米油盐的日子慢慢展开，炽热的爱情渐渐升华为浓浓的亲情，唯有不断地用心体会才能品尝到其中的幸福滋味。

这辈子就认这么个另一半吧

汽车在西环路上行驶，我操控着方向盘，爱人坐在副驾驶位子上，我们海阔天空地聊着。突然，我想起前几天在一本书中看到的几句话，便一本正经地对他说：

“跟你说件严肃的事情，前段时间我看到一本书中这样写：上天造人的时候，把每个人都劈成了两半儿，然后把这两半儿胡乱地扔到了人世间。所以，每个人来到人间，都要去寻找自己的另一半。滚滚红尘，茫茫人海，想找到自己的另一半太难太难了，所以找来找去，最后人们都认为眼前的这个人根本就不是自己的另一半。我现在有个问题特别想搞个清楚，你是我的另一半吗？我看不是，我的真正的另一半到底在哪儿呢？”

“这是从哪本书上读来的歪理邪说啊？这是哪家宗教的理论？”他扭过头笑着问我。

“记不清了，反正那本书上就是这么写的。我的另一半应该是谁呢？我该到哪里去寻找我的另一半呢？”我的语调深沉，耐人寻味。

“趁早死了这条心吧！”这家伙狡黠地说，“你想想，你的另一半肯定是和你一模一样的大坏蛋，俩坏蛋在一起怎么过日子？所以你这辈子还是跟着我过得了！”

嘿！绕了个圈，还是让他把我给损了！

我常想，我们俩这算什么类型的夫妻呢？相敬如宾？肯定不是！同床异梦？也差得太远，我们睡觉都常常在一个梦里斗嘴磨牙呢！我们应该是那种谁也离不开谁，离开了就想，在一起就会斗嘴的那种。我感觉我和他就是离得很近很近的两棵树，树根在一起缠绕，枝叶在一起摩擦，我熟悉他的气味，他熟悉我的呼吸，风来了同时摇摆，摇着摆着就摩擦起来了，而后风平树静，又慢慢挨在一起。很近很近的两棵树如果分开，会伤了彼此深处的根须，会很疼很痛苦的吧？

谈恋爱时这家伙脾气很好，可结了婚一起过日子之后，才发现他是天生的肝火很旺、脾气很大的男人，这让我感慨这辈子找错了另一半，他身上的其他缺点也随即被放大……没办法，谁让咱看走眼了呢？好在他对我还算是死心塌地。我珍视早上的睡眠，他没有怨言地承担了早饭任务，春夏秋冬，多少年如一日，我想吃什么他都会想办法买回来；我喜欢看冯小刚的电影，他就留心最新影讯，提前订好影票；……后来，我慢慢回味，忽然想通了。干吗呢？全是鸡毛蒜皮的小事，甚至还有更多是与己关系不大的时事新闻、影视焦点，这些有什么可争论的？

我终于想明白了：这辈子跟谁搞好关系都不如跟他搞好关系。就算跟同事、朋友、邻居、亲戚，哪怕是亲爹亲娘、亲生孩子再亲再近，如果跟他相处不好，肯定过不痛快，这辈子生活质量就彻底打折了。要知道，我跟他签订的是“一辈子天天在一起”的终身合同啊。之后每当他那火脾气上来了，我就把自己变成冰块，冷眼相对，没想到他还不买账，说我这叫家庭冷暴力！

再后来，人到中年，也就不怎么吵架了，但斗嘴依旧，用他的话说，哪能不斗嘴呢？这能有效预防老年痴呆啊！嗨，这辈子就认这么个另一半吧！

【点点思雨】

作为教育者，我们知道加德纳的多元智能理论，知道每个人都是上帝咬过一口的苹果，也就该相信我们心目中完美的另一半是不存在的。我们能拿着放大镜去找学生的优点，就该学会拿着放大镜去找另一半的优点。其实，不用放大镜，优点就能找到一大堆。佛说：“前世的五百次回眸，换得今生一次的擦肩而过。”我们还是珍视在尘缘中遇到的另一半，有滋有味地过好今生。

（何风彩　河南省濮阳市实验小学）

默契，让爱意更浓

有很多结婚超过十年的朋友都说，夫妻之间已不再有爱情，只剩下亲情了。的确，随着时间的流逝，随着孩子的成长，随着锅盆瓢碗的交响，爱情已不再浪漫。但是，当我们在某个慵懒的午后，或某个静谧的夜晚，静静地去品味夫妻间的默契，会感觉爱情仍在，爱意更浓。

儿子上高中了，因为离学校有点远，早上必须早起，而晚上要写作业，只能晚睡。老公说："儿子做作业做得很晚，我来陪他。如果有什么难题，我还可以和他一起探讨。你白天教小学生，上班又远，晚上你就早点睡。"虽说支教的学校有点远，但和老公要坐近两小时的公交车去上班的路程比起来，根本不算什么。

说实在话，作为一名小学教师，整天都要不停地提醒学生注意这注意那，关注学习，调解纠纷，一天不知要说多少话。累得回家连话也不想讲了。所以，老公的提议我欣然接受，每天九点半就入睡，进入甜甜的梦乡，连老公什么时候上床睡觉我都丝毫感觉不到。因此，老公常常说我是个小憨猪。

早上闹钟一响，老公就会起床叫醒儿子。我躺在床上，想着自己每天早睡晚起，却不顾及老公的辛苦，觉得很惭愧。于是，我把每天早上叫儿子起床的任务接了过来，老公就把帮我捶背作为奖励。

每天清晨五点五分十，闹钟准时响起。我不想开灯影响老公睡觉，就摸索着穿衣起床。天气越来越寒冷，从热被窝里钻出来可真有些困难。我磨蹭几秒钟后，坐起来一边发抖，一边摸寻衣服。忽然，一股暖流传遍全身，原来是老公用热乎乎的大手摩挲着我的后背。每天，老公都会这样做，有时甚至还帮我拉一拉毛衣。我的身上不冷了，心也是暖暖的。

我们已经相携走过15个年头。我用热水煲烧水，他灌入热水瓶；他洗衣服，我晒衣服；他拖地，我擦桌子；我生气发火，他出门看棋；他教育孩子，我去广场散步……我们在默契中感受着彼此的爱意。我们的结婚纪念日是情人节，但我们选择这一天和儿子、父母在一起。遇到儿子有集体活动，我和老公就相约从各自的单位出发，到我们结婚前约会的老地方回味美好的时光，再看一场电影享受依偎的浪漫。

默契，是爱情修炼的结果。默契一旦养成，无需多言就能感受对方的情意，也能把自己的情意传递给他。默契，让爱意更浓。

【点点思雨】

一朵花会因一滴雨露鲜艳妩媚，一株草会因一缕春风摇曳多姿，一湖水会因一片落叶荡漾清波，一颗心也会因另一颗关爱的心而充满感激之情。爱情也是如此。著名女作家春日迟迟把已婚女人称为“圈养女人”，虽终日为鸡毛蒜皮的小事所累，没有自由潇洒的生活，但拥有天伦之乐，能和爱人分享喜怒哀乐。用心感受对方的好，用心浇灌爱情之花，能让我们心潮澎湃，充满阳光！

（张晓艳　湖北省武汉市吴家山第三小学）

用心品尝爱的滋味

走过恋爱的激情，步入婚姻的平淡，随着二人生活的有序展开，浪漫和新鲜渐渐被柴米油盐所取代。两个人的个性也在婚姻里显现出了无法磨合的棱角，于是心里开始有了失落，总觉得生活少了一种滋味。

让我真正体会到婚姻的幸福滋味还得从怀孕时说起。刚怀孕时，我的鼻子异常灵敏，进不得厨房，逛不得超市，因此，准备一日三餐的重任就全部落到了老公一个人的身上。即便是这样，孕期反应也令我没少挑剔过老公做的饭菜，一会儿嫌他油放多了，一会儿又嫌他盐放少了，老公一边忍受着我的这些神经质的反应，一边刻苦钻研厨艺，想方设法迎合我的口味。

孕期反应还会改变一个人的喜好，原来一直非常讨厌吃包子的我，竟然一心想吃韭菜馅的大包子，上班前嘱咐老公一定给我买回来。看我好不容易有了想吃的东西，老公自然答应得十分爽快。

下班回家一打开门，一股热气扑面而来，我急忙奔向厨房，发现在一团白色的蒸汽中有跳动的火苗，老公若隐若现地站在一边卖力地包着包子。我忍着高温走进去，只见他光着膀子，浑身像水洗了一样，汗还一个劲儿往下淌着。这可是三伏天气，就算是开着空调动一动也会出汗，更何况在厨房的这一团蒸汽里闷着。我是既心疼又生气，连忙问老公："不是让你买包子吗？"老公扭过头冲我嘿嘿一笑，说："外面包子里的韭菜都洗不干净，馅还都是肥肉，自己包的干净，吃着放心。"我又问："怎么不把电风扇搬到厨房门口吹着？"老公说："哎呀，你怎么一点生活常识都没有，包包子哪有吹电风扇的，一吹这包子皮不都皴了，还能吃吗？你快出去等着。别打岔了，这锅快熟了，我得抓紧把剩下的包出来。”

看着眼前这个在家里被父母娇生惯养的大男人，竟然为了我的一句话第一次尝试着包包子，那双宽阔的大手竟然在灵巧地捏着包子上的褶子，我的眼泪再也忍不住了。还好有这层层的蒸汽隔着，老公看不清，否则又得笑话我矫情了。

虽然老公第一次包的包子有点咸，没有油水，样子也不好看，但那是我吃过的最幸福的一顿包子，因为里面包的满满的都是爱呀！

结婚久了，习惯了彼此的一切，也习惯了对方照顾自己的方式，或许也就不能轻易感受到其中的幸福滋味了。爱是什么？爱是对方把你的袜子叠起来放好，爱是两个人手挽手徜徉在大街上，爱是提前想好晚饭做点什么他会更喜欢吃，爱是他不厌其烦地在你面前叫你的绰号来戏谑你……

爱的滋味真的很难说清，但只要你用心体会就会发现，爱就存在于我们身边，在每时每刻，每个角落！

你品尝到爱的滋味了吗？

【点点思雨】

刚结婚的时候曾经羡慕父母的婚姻，他们从不争执，老两口相扶相携，互相体谅。那时的我总在想，为什么自己的婚姻一团糟，为什么两人总有无法磨合的棱角？后来才明白，不是婚姻的问题，是我们没有用心去体会，去感受。

在婚姻中，因为最初的一份毫无缘由的爱而结合在一起的两个人，逐渐成为彼此生命中最重要的一部分，随着柴米油盐的日子慢慢展开，炽热的爱情渐渐升华为浓浓的亲情，唯有不断地用心体会才能品尝到其中的幸福滋味。

（张雯荔　山东省滨州市授田英才学园）

陪老公减肥

老公长得斯文帅气，唯一不足的是脂肪堆积过剩，肚子往外腆着，犹如一个怀胎四五个月的孕妇。瞧，这不，年纪轻轻就得了胆结石。

考虑到他的身体健康问题，也为了让他潇洒挺拔。我想尽了办法，想让他减肥。看到大肚之人，我赶紧对他说："你也一样，一副中年人的体态。"他连忙收敛了笑容说："真的？我的肚子也这么大吗？难看死了！"接着马上自我安慰："不会的！我的总要小一点。你就会吓唬人！"有时我用手指敲敲他的肚子，调侃地说："朱（猪）八戒在此也！"（注：老公姓朱）他就发挥他诙谐的本领，抡起拳头，做出一副铁耙打人状，"小妖精，乱说瞎叫，快吃我一耙！"

他与我一起逛街，遇到的每一个认识他的人都免不了感慨："哎呀！肚子怎么这么大呀！"他自嘲地说："物质生活优越呀！"当听到"瞧你老婆身段倒很好的"的时候，他哭笑不得，无话可说。到后来，他干脆不陪我逛街了，美其名曰"给美女丢脸的事你就别勉强我了"。其实，他告诉我，不是不想减肥，只是他没这个毅力。

前几天，老公突然心血来潮，说要减肥。原来，他看到一个几月不见的同事了苗条了许多，据说就是因为每晚绕市政广场走十圈。这次他的决心和兴致空前高涨。

终于迎来了他积极主动的这一天，我听了分外愉悦。

心动不如行动。

第一天，我们沿着滨河广场的绿化带，向市政广场出发。我们加入了快速步行的队伍，老公使劲摆动着双臂，我也跟着快速走了起来。

不知不觉中已走了四圈。我穿的是有后跟的凉鞋，这时我的脚已微微发痛。回家时，老公说：“乘三轮车吧！”“不行！那不是没有韧性吗？”但其实我的脚底已经很痛。当我终于坚持着走到了家，一看，天哪！两只脚底各起了两个大泡，一碰就刺心地疼。向来娇弱的我，为了不浇灭他的热情，硬是忍住没叫痛。

第二天，老公建议在小区里走。我们就在楼下沿着一幢幢房子快速地走。我学乖了，一改平时淑女时尚的风格，穿上了倍具活力的苹果绿休闲裙，把长发扎起，配上同色发结，套上波特运动鞋。他越不要我陪他走我就偏要走，说说笑笑中十圈就走完了，大汗淋漓地回到了家。

第三天，天气炎热，我们沿着长长的绿化带在河边走，不时赞叹桐乡变化大。

第四天，当我换好衣服准备出发时，弟弟来教我使用电脑。老公只好一人开着摩托车去市政广场。结果他一个人只走了五圈就回来了。“一个人没劲哪！”他感叹着。

今天，明天，后天……

不知能不能圆我老公的减肥梦，但我想我会一直陪他走下去。

【点点思雨】

两人一起生活久了，日子就会趋于平淡、朴实。两人相处，要善于找到共振之处。一个善于经营日子的人，亦能经营好婚姻。陪老公减肥，鼓励老公运动，在一起挥洒汗水时聊聊家常，说说孩子，话话亲情，夫妻之间的心理距离渐渐缩短，和谐和美好也会如影随形。

从现在开始，和另一半一起郊游，一起锻炼，一起逛街，让平淡的日子充满平实的美丽和淡淡的幸福吧！

（许丹红　浙江省桐乡市实验小学教育集团北港小学）

“小男人”是我心目中的“大丈夫”

我在家戏称老公为“小男人”，因为老公年龄比我小半岁，个头虽非袖珍型，但也不够高大威猛，而且还“小心眼”，无大男人之狂放不羁。

小男人“胆子小”

刚结婚那阵，工资不高，虽然有丈母娘家在跟前，但是小两口不会算计着过日子，因此，日子也过得紧紧巴巴。

天，小男人下班回家，貌似很轻松地对我傻笑。我调侃地问他：“是不是捡到钱了？”

小男人一脸得意：“还真被你猜中了。”

“真的？在哪捡的？”我问。

“我去银行取工资，看到柜台上有一个信封，周围也没人，我打开一看，是一沓钱。”小男人一边说，一边咽了口唾沫。

“钱呢？”我不由得盯着他的衣袋问道。

“哦，我看柜台周围没人，就把钱交给营业员了。”小男人若无其事地回答，我松了口气：“还好，你把钱交了。”又装作惋惜的样子说：“可惜了，不然还可以帮咱们改善一下生活呢，你咋就交了？”

“丢钱的人心里肯定着急。再说，如果我拿了，那就是不义之财，我可不敢留着。”嗯，“胆小”的老公做对了。

小男人很“小气”

老公不仅不给孩子买饮料和零食，还有一套理论：“我不赞成你给孩子去买那些乱七八糟的饮料和零食，净是添加剂和防腐剂，既花钱，又没有营养，还会让孩子养成不良的饮食习惯。我就赞成渴了喝白开水，饿了一天三顿饭，不要给零食吃！”

“你给我买那么贵的衣服干吗？我身上的衣服也是正品名牌，只不过是过季买的，打折便宜许多。以后只要不是急着要穿的衣服、鞋子，就等换季打折再买，东西都一样，咱又不追赶潮流，只是晚了一段时间而已。”小男人舍不得买时新品。

现在，许多朋友同事都开上了私家车，小男人却舍不得花钱买汽车。还理由充分：“咱这小地方，出门办事骑自行车就可以了，干吗非要买汽车？冬天车预热的时间我都到办公室了。而且开车还污染空气。”于是，一辆破自行车被他擦得干干净净，骑着上下班。走到哪儿，把车子往那儿一放，从不用锁，也不怕丢。时间久了，大家都熟悉了那辆破自行车。有同事要出门办事，不远不近，懒得走路，又不想开车，骑着老公的破车就走，也不用打招呼。有时候，中午下班了，老公出来看不见自行车，也不着急，一准下午又会停在那儿了。

其实，“小男人”并不小气，汶川地震，他立马向党支部交了1000元的特别党费。他还支持我捐助幸福时光希望小学的行动，鼓励儿子给边远贫困学校学生捐书，教导儿子襟怀坦荡，乐善好施。其实，“小男人”并非婆婆妈妈，他的理论和说教，往往被现实证明是正确的。“小男人”还是多面手，家里的活计，如水管、电路，哪里坏了修哪里。买菜做饭洗衣服，吹着口哨哼小曲……

这样的“小男人”正是我心目中的“大丈夫”。

【点点思雨】

人生要有追求，要树立正确的人生观，传递正能量，书写生命的华丽乐章。生活中要有情趣，乐观向上，用锅碗瓢盆演奏快乐的生活进行曲。要开心快乐，执子之手，相伴到老，描绘人间最美的画卷。“小男人”领悟了生命的意义，做着自己喜欢的事，不求伟大，却追求着快乐人生。其实，“小男人”才是大丈夫。凡人凡事构成的生活就是这样，有了这样的正直、快乐和理性，我们的生活会更美好。

（吴菊萍　新疆泽普石油基地巴州石油三中）

爱上“小男人”

“小男人”比我小一岁，是家里亲戚介绍的，那时我已毕业上班，他仍在读大学。

春寒料峭的三月，一个皮肤白净的男孩子走进了我的视线，他眼睛很亮，看起来很斯文，但在他转身的瞬间，我忽然发现，他个子不高而且很瘦，与我心目中高大威武的白马王子相差甚远，是一个不折不扣的“小男人”。

但是老公信守要对我好一辈子的承诺，毕业时毅然放弃了留在大城市工作的机会，回到了家乡与我厮守，这“小男人”着实让我感动了一阵子。

后来我在学校担任了行政工作，少不了应酬，要和异性打交道，老公有时有意见，总是提醒我要注意分寸。我说他小心眼，极力辩白，不惜和他吵架表白自己的尊严不可侵犯。后来我发现，他并非要阻止我参加活动，而是担心我会受到伤害，这不正表明他心里在乎我吗？以后再说起类似的话题，我就虚心地听，没有了对抗，他好像也没有了趣味，但我更加注意自己的举止和言行。慢慢地，他明白了我与异性相处极有分寸，从此不再以此作为话题。

经济好转了，看着别人都买了车，老公也想买，但他爱喝酒我不放心，于是不同意买车，他就和我怄气，最后不惜以离婚相要挟，真是一个长不大的男人。事实并没有我想的那么糟，自从买了车，他很自觉，国家交通法规比我的唠叨有效得多。

不过，老公更多的时候是挺男人的。

我们刚结婚时工资很低，节衣缩食，好不容易存了 2200 元。看着自己小家庭的第一笔存款，我满心欢喜。可是还没等我看够，妹妹要上大学，父亲手里不宽裕，还没等父亲张嘴，老公就把我们唯一的存折给了他。之后我的两个弟弟上学，老公都在经济上竭尽全力予以支持，后来弟弟妹妹大学毕业后都在城市里有了自己的房子，而我们住的还是学校的小房子，对此老公没有抱怨过，这个“小男人”心胸不小。

我父亲中风行动不便，但耳朵灵敏，他常听收音机，相信广告上宣传的药，于是天天缠着我们几个孩子给他买，买了不下几十种，并没有效果。我们都很头疼，但老公却很耐心，开车拉着父亲去多家医院多方检查，吃正规医院的药，他说这是父亲生的希望，我们不能把它掐灭了。周末只要没事，他就去陪老人聊天，给老人按摩，有时还断父母之间的官司，说一些逗他们开心的故事，童心未泯的老公很受父母的待见。

现在，我们结婚已经20年了，儿子在读大学。老公也从最初的那个毛头小伙子成长为一个干练的市级优秀教师，我依然深深爱着老公的率真和直白。

这个“小男人”值得爱。

【点点思雨】

婚姻生活中，争吵在所难免。只要不是原则性的问题，宽容一点又何妨？每个人都有自己的优点和缺点，换一个角度看问题，他的缺点也许就是他的长处。女人嫁了，就是想找个依靠，找个人来爱自己，却往往忽略了爱是相互的，嫁他就要爱他，爱他的优点也包容他的缺点。当你理解了他的种种表现也是爱的一种表现方式时，就能跳出圈外，坦然应对，乐享幸福了。

（牛胜荣　山东省定陶县第二中学）

婚姻是没有毕业季的学校

婚姻是一所学校，女人是校长，决定教育质量；男人是书记，掌控教育方向；孩子是学生，事件是教材。婚姻，应该是没有毕业季的学校。

观我“校”教学理念：只讲感情，不讲道理，糊涂界限不清楚。教学方法：探索学习，合作学习，适度空间不互防。教学效果：苦甜交融，祸福相依，谦让包容不作死。

婚姻“教材”的母版多来源于双方父母从小耳濡目染的言行“示范”，辅助教材为同辈兄弟姊妹、朋友邻里的经典故事。结论：每个人的婚姻都是一段早已写就的文字，事件则给它打上了重点符号。

我的天赋才情——好心，好职业，好外表；老公的天然格调——爱钱，爱孩子，爱干净。我“校”的分工自然成了各自的特色发挥：老公独揽财权，房子、车子、存款一律都是老公的姓名。抓“大”还不放“小”，柴米油盐酱醋茶的采买全归老公一手抓；教育权我得天独厚，属我“专业”强项，老公绝不涉足。其实，我“管”女儿，更多表现为“做好自己的本分”。比如，餐前餐后，我和女儿在书房认真学习，各读各书；老公在厨房烹煎炸炒，洗洗涮涮，各据一“房”，互不相扰。当然，我“校”的“面子”工程非我莫属，采买服装，家庭装饰，都是我的嗜好，本人逛商场能逛得生命力蓬勃。

我“校”的纷争同样来自才艺、爱好的差别。比如，老公为“钱途”富宠女儿，我为“前途”减少车接车送；买车我看重漂亮他注重性能；买房我看见方便他看出“经济圈”；为活“一口气”他辞去公职义无反顾，求稳定我宁愿“忍气”受罚随“夫”而安……迥然不同的性情才艺奠定了婚姻广阔容器般的存在状态，我“校”照单收下，全盘接受。

曾经，几个“同事”玩“冒险”游戏，互为对方老公发一“匿名贺卡”，试探情感，试探婚姻。老公们收卡后表现平静，我们反而纠结纠缠瞎闹腾。老公们自信地认为这等无聊事是“太闲”作的。他们敷衍背后的清醒，彻底“击倒”了我们的婚姻理念！我们也许知道太阳与星球的引力关系，但是对于夫妇的引力关系有点糊里糊涂，婚姻“调研考试”交了白卷。

偶遇年轻人问：“婚姻里，你思考过什么？”老实说，在婚姻里思考过什么，我压根儿想不起来。在寒冷的日子，我可能思考寒冷；在炎热的日子，则思考一下炎热；在悲哀的时候，思考一下悲哀；在快乐的时候，则思考一下快乐，还会毫无缘由地浮想恋爱往事，却几乎从不曾思考正儿八经的事情。

在私人定制的小巧玲珑的婚姻之中，在令人留恋的、世俗的嘈杂热闹之中，一味地玩个不休，这是相当快意的事情，哪还能想什么。

【点点思雨】

学校教育教你做人。教你做算术，学哲学，弹琴作画，做知识女性，却并没有教你做贤妻。从恋爱到家庭，从家务女红到男女相处的艺术，这些是学校应设有的课程，不能任由媒体、市井填了这片教育空白。而婚姻本身就是一所学校，我们在其中共同成长。

（邢奇志　江苏省苏州市草桥中学校）

婚姻里的角逐赛

不知不觉走进婚姻的殿堂已经快十年了。真是弹指一挥间啊！还好，我们仍能“相看两不厌”。

驾驶场上的比拼

2010 年暑假，我和妻子决定把早已报名学习的驾照拿到手。这对别人来说也许轻而易举，可对我们来说确实有点难度。一直以来，我的动作协调能力就不强。果然，驾校老师对我的评价为：“一辈子都别想学会开车。”妻子呢，总认为自己连摩托车都没碰过，学起来难度会很大。

面对难题，我们相互打气，决定来一场比赛，看谁先把驾照拿到手。为此，我们开始了早出晚归的日子。一大早，我们就赶到驾校，为的是能在其他学员到来之前抽空学一把。到了该下班的时候，我们还缠着师傅，求他为我们开点小灶。遇到困难的时候，我们就共同讨论、相互打气。被师傅骂过之后，我们就彼此安慰、微笑鼓励。

就这样，我们居然顺利拿到了驾照，不过妻子还是领先一步。

业务场上的竞赛

同为教师，免不了互相较劲。记忆非常深刻的是 2012 年的暑假。为了准备进城考试，妻子一个暑假都静坐家中默默备考。而我也不甘落后：妻子学习的时候，我就在旁边看书写作。很多个寂静的深夜，孩子已经安然入睡，我们还坐在桌子边互相鼓励。灯光下，目光相遇的瞬间，我们相视一笑，心头感觉无比温暖。

开学后，妻子顺利到城关镇的联校报到，而我的收获也不小：

工作中的困难越来越少，心态越来越好，文章越来越妙。

接下来的日子，妻子全心研究教学，被学校选拔参加全县的高效课堂赛课，喜获一等奖。我继续笔耕不辍，班级日志积累了几十万字。更让人惊喜不已的是，我居然发表了处女作。

育儿过程的用心

孩子从一出生就是我们的心头宝。为了她的成长，我们可谓绞尽脑汁。

或许，我们的心里都在暗暗较劲——孩子应该多爱我一些。

妻子在生活上给予她无微不至的照顾、关心和鼓励；而我则购买她喜欢的书籍、陪她做各种喜欢的游戏。

原以为我们为她付出那么多，孩子应该最爱我们。可是，我们这里“硝烟弥漫”，她那里却一语惊人：我最爱的是外公外婆。原因不用说，外公外婆最宠她。既如此，我俩就“相逢一笑泯恩仇”吧。

走进婚姻多年，我们明里暗里总在进行角逐赛。幸而我们的原则是“友谊第一，比赛第二”。

【点点思雨】

与妻子的相处过程中不是没有矛盾，但是真正坐下来写作的时候，却发现生活中的那些小摩擦都可以忽略不计，只剩下一些幸福的回忆。

婚姻生活里我和妻子有过争吵，也有过赌气的时候，只是回头想想，这些都不重要，重要的是我们相互爱恋、互相包容。夫妻生活里总有很多未知的惊喜，带着一双发现的眼睛，我们就可以看见更多婚姻生活里的浪漫情趣。

（黄红兵　湖南省长沙市宁乡金海实验小学）

夫唱妇随

早上起来，我睁开蒙胧的睡眼，透过玻璃窗向外望去，外边已经是一片水的世界，而雨还在继续，时不时打在玻璃窗上发出滴滴答答的声音。看看桌上的闹钟已经是早上八点，爱人也不知道什么时候去了花棚。他早上吃过饭没有？我心里不免有些担心。

于是匆忙梳洗完毕，找来一把蓝底碎花的小伞，又穿上一双深粉色的雨鞋，带上一些点心和牛奶，撑着伞向花棚走去。等走进花棚，忍不住轻唤："青松，你在里边吗？早上吃过饭没有？""吃了点点心，这雨天路这么滑，你跑来干什么？""没事！就是有点担心你！"我一边说着一边继续往里走。走了约莫30多米，才发现这可爱的家伙正撅着屁股插花苗呢！

"早上你几点出来的，怎么我一点儿也不知道？"我忍不住关切地问。"四点多出来的吧！你们娘儿俩那会儿睡得正香，像小猪一样，所以我没舍得叫。这雨天在棚里干活凉快，又正适合插花苗，所以就早早来了！"

"那我也帮着你干！""你？免了吧！这活儿你可干不来！"

"怎么就不行了？我偏不信，今天偏要陪你干不可！""这活儿老蹲着，你腰椎不好，蹲一会儿就会受不了，快回去吧！"

"不舒服了我会站起来走两圈，你就让我试试好了。""愿意试你就试试吧，可千万别逞强！否则花苗栽好了，累坏了我们家这朵大花，我更心疼！"

我笑着说："放心，有你这护花使者在，我准保没事！"

于是老公开始把泡沫箱里去年插的茉莉花苗拔出来，让我栽到营养杯里，自己又剪来新枝重新来插。我俩配合得还真得默契，老公前脚拔下花苗，我后脚就一棵棵插到营养杯里。而老公再插的同时，我则剪来新的花枝插到泡沫箱中。如此进行了大约两个来小时，不知不觉间居然装好了二三百棵，虽然腰真的有点不舒服，但是心里却很幸福，还忍不住哼起了小曲。

等两个泡沫箱都插满了，老公开始用喷壶给新栽的花苗洒水，而我又打上小伞去菜棚割韭菜，不一会儿工夫就割好了一食品袋。于是我们夫妇两个拎着割好的韭菜，撑着一把伞，有说有笑地回家。

到家就一同张罗着包饺子，尽管外边雨点还洒落个不停，屋内的我们却是幸福忙碌的。中午老人从外边回来，我们刚刚煮好的水饺也热气腾腾地端上了桌，一家人开始围聚桌旁吃着香喷喷的水饺，笑声不时在屋子的上空荡漾。

这夫唱妇随的生活还真是别有一番情趣！忍不住想套用《天仙配》的歌词来美美地形容形容：天上雨儿纷纷飞，大棚花儿带笑颜。你拔苗来我栽下，同割韭菜入家门，你我好比鸳鸯鸟，比翼双飞在人间！

【点点思雨】

有人也许会问什么才算夫妻恩爱幸福，就我而言，这种感觉就好像自己的左手握着右手那般亲切自然、温暖于心。回首14年来与丈夫一起风雨同舟走过的幸福路，给我最深刻的感受就是它不是建立在多高的物质基础之上，更不需要多少甜言蜜语来包装，很多时候恰恰就是那种看似简单实则幸福的夫“唱”妇“随”的默契，就是那种把自己最体贴的关怀、理解与包容的话语送给对方时的那份真诚。

（曹建英　河北省唐山市安各庄小学）

三碗手擀面

一个人在外地工作，吃饭问题是爱人最担心的。每次相聚，爱人都会关心地问我吃得好不好，吃得饱不饱。

为了让她安心，我的每周汇报基本都是：尽管现在是狠刹吃喝风，但我的饭局还是“多的”。其实，我是滴酒不沾，最怕饭局。我喜欢学校食堂的大锅饭，尤其和孩子们在一起，这让我感觉踏实，胃口好。偶尔朋友凑份子，常常会叫上我。大家各自掏钱，吃得舒坦。有时候，我会去买点鱼肉，美美地吃一顿。但几个月来，因为工作忙所以不爱去买菜，每次误了饭点或遇到食堂不开火，我都是下面条或煮点稀饭。

4 月 24 日中午，刚刚放学，我正在整理材料，突然接到爱人的电话，说她已经到学校门口。老婆突然来访，一定是想看看我中午到底是怎样吃的，寝室到底是什么样子。我原先想在食堂吃点就行了，根本没有准备。爱人来了，进食堂不太好，一是我只交了一个人的生活费，二是感觉不太舒服，有点“妻管严”之嫌。两人进饭店吧，也不太合适。正在犹豫时，我的同事相邀。

“刘老师，中午吃面条去，手擀面。”

“几位？你弟妹也来了，刚到。”

“好，一起！再烧两个菜——泥鳅、羊肉。”同事爽快地应答。

“行，今天我买单。你们先去，我随后就到。”我迅即开始整理寝室内务，以迎接恭候老婆大人检阅视察。

一阵忙乎，爱人到了，大包小包带来不少，有吃的有穿的。

“快，饭店安排好了，吃农家土菜。人家都在等着。”我精神抖擞，笑脸相迎，唯恐爱人说我没吃好、没睡好，累着了、苦着了。可是，最终，爱人还是目不转睛地盯着我说“瘦了”。说话时，爱人的眼睛湿润，我的眼泪也在眼眶里打转。

“嗨，我真成宝贝疙瘩了！快，走，吃饭去。”边走边哄，我们很快来到了乡村小吃店。

因为爱人的到来，同事又执意多加了两个菜。脸盆大的一盆面条，两小盆烧菜，两盘凉菜，八个人，就这样你谦我让地吃起来。

红烧野生泥鳅，吃到嘴里实在是鲜嫩爽口。清炖羊肉也是汤鲜味美。这两盆菜，被放在离我和爱人最近的地方。

泥鳅，我吃得最多。最后剩下半盆，同事硬性分担，让大家吃下。当然，我和爱人被特殊照顾多分了一些。席间，从爱人的碗里又滑落了两条大的到我的碗里，这样，我就是吃得最多的了。

豆芽手擀面，我平时最多吃两碗，可是当着老婆的面，我硬是吃了三大碗。额上汗涔涔的，肚子饱胀胀的。

三碗手擀面加上拌菜、泥鳅、羊肉，估计爱人不会再担心我的生活与营养，也不会再担心我的人脉与士气了。

感激上苍，赠予我一个好老婆；感谢缘分，让我能处处享受家的温暖！

【点点思雨】

当我们怀着感恩之心，感恩妻子的唠叨与关切时，内心便会升起一团火，即使我们身处寒冬，也依然感到温暖。

（刘培树　安徽省灵璧心语实验学校）

书香爱情

妻说自己在小学和初中时都是公认的才女，还被保送上了高中。我深以为然，因为她那很有力道的行书楷书，让我羡慕不已，只有才女才可能写得这么一手好字。

妻说上了高中后，读书少了，才情没了。我便决定要找回昔日的才女，心想，这才是给妻最好的爱。

我爱书，想以此来感染妻。一日，妻指着厚厚的《道德经》问我："这书你能读懂吗？"我回答："不能！""不能你还读，岂不是浪费时间？"妻责备道，我便给妻讲一则关于读书的故事。

"每天清晨，老爷爷都会阅读书籍。孙子受爷爷的影响，也阅读那些书籍，有一天孙子问爷爷：'爷爷，我一直像您那样阅读这些书籍，可是我不能真正理解，阅读它，到底有什么用呢？'爷爷平静地拿来刚装过煤的竹篮，对孙子说：'用这个竹篮，取一篮子水来吧。'孙子去取水了，可是来到爷爷面前时，篮子里的水早就漏得一滴不剩了。他对爷爷说：'爷爷，用竹篮打水，只能一场空。'爷爷指着竹篮说：'真的是一场空吗？'孙子这才发现，竹篮上已经没有了煤灰，变得干净如初了。"

妻若有所思，忽然来了句："你没有用故事来含沙射影说我是孙子你是爷爷吧？"我大惊，忙替自己辩护："我哪有那个胆儿？"

妻愿意陪我一起读书，我买的书就更多了，原来的书柜已经放不下了，妻就催促我赶快再买一个书柜。

清晨，与妻一起朗诵国学经典、唐诗宋词，相互分享读书心得；午休前读一篇好文章，争论一下各自的观点，虽有时面红耳赤，但更能体会读书之乐；晚上迅速来到书房，摒弃了电视机，读各自心仪的书籍。儿子则拿着自己的绘本，在我们俩之间来回请教，亲子共读，与妻共读，其乐无穷。

书读多了，妻也改变了许多，脾气不好的她经常反思自己，用她自己的话说是“要学会温柔地爱你”。

一次去出差，临上车发现自己准备的书竟忘带了。旅途中读书是我一直以来的习惯，我正焦急万分，见妻满头大汗地跑了过来：“幸好还没有走，你的书，没有书你可怎么办啊。”接过书，一阵清香，是妻子的气息，还是书的香味？一时茫然，竟无法分辨，鼻尖酸酸的，给妻一个拥抱：“你最懂我。”妻则迅速把我推开，嘟哝了一句：“这么多人看着。”

“老公，情人节给我买本有关儿童心理学的书吧，儿子慢慢长大了。”我当然满口答应。在网上选了十几本有关儿童心理学的书籍，全买了。没想到书竟随情人节如期而至，我把自己精选的一株玫瑰藏在书箱中一并交给妻，妻打开箱子，说了句：“嗯，真香。”我讨好地说：“是花店里最好的一株”。“书真香。”妻撂下一句话转身进书房了，扔下了尴尬的我。

“最是书香能致远，腹有诗书气自华……”聆听着妻作为校十大读书人物（我与妻同时当选）代表在学校大会上的发言，我知道，我心中的那个才女又回来了。看着刚得到的书籍（奖品），我知道这不只是书籍，也代表着我们散发着书香的爱情。

【点点思雨】

婚后的琐事会掩盖爱情，轰轰烈烈的爱情总要归于平淡。爱与不爱是一般夫妻都要经历的争论吗？妻说我不再爱她，便开始抱怨生活。她美丽忧愁的脸庞让我心疼。有什么可以让妻更加自信美丽，有什么可以成为我们共同努力的方向？是书籍。是书籍让妻找回了昔日的才情，往日的自信。读书成了我们共同的爱好，见证着我们的爱情。妻说：让我爱上读书，是你给我最好的爱。我说：与你的故事，就是一本百读不厌的爱情书，我们在书香中感受爱情。

（刘　强　河南省济源第一中学）

心中开满幸福花

2002年6月12日

子夜，网吧。和舍友为完成毕业论文与键盘针锋相对。文毕，头脑眩晕，手指不经意间点进了聊天室，由此我开始与锐谱写离合的歌。我们的相逢是一首悠扬的歌，相识是一杯醇香的酒，相知是一根古老的藤。我们坠入爱河，在电话两侧唱着“君问归期未有期，巴山夜雨涨秋池。何当共剪西窗烛，却话巴山夜雨时”的思恋之歌。心想：情缘一线牵，你我就在两端。

2004年12月23日

飞雪，橘灯。我与锐相处已有两年半，我在渤海之滨，他处东南沿海。遥远的距离，浓重的孤寂，感情的缺失，让我无法继续这份遥远的爱情。在这飞雪的清晨，我狠狠地向电话另一端甩出：“这份感情维持得太辛苦，分手吧！”我没有给他说话的机会，直接关机，希望就此了断。然而泪水却如泉涌，心底有个声音千百次地问我：“你舍得吗？真的要分开吗？”

隔着霜花，我望着窗外的飞雪，好像它们都落在了我的心里，好冷！寒夜，独自一人坐在写字台前，呆呆地凝望那盏他送我的橘灯。心回到以前，耳畔回响着在鼓浪屿许下的誓言……急促的敲门声打断了我的思绪，烦闷地打开房门，他手捧鲜花风尘仆仆地站在我的眼前，用低沉而有力的声音说：“我要永远留在这里。”我接过鲜花，更接过了那句“我要永远留在这里”。

2006 年 5 月 5 日

明媚，誓言。今日，春光明媚，我和锐在经历了漫长的交往后，终于走向了婚姻的殿堂。无花，无炮，无香车；有你，有我，有亲朋。觥筹交错同见证。春意浓浓，情意绵绵，我们许下共同的誓言："蒲纬韧如丝，磐石无转移"，就这样，以极简单又郑重的方式，我们开始书写"婚姻"。心想：彼此疼爱，精彩而美好的生活即将开始上演。

2007 年 11 月 13 日

气愤，惊喜。与锐为小事争执不下，可谓气愤填膺，以致坐在公交车上都互不理睬。我背着重重的行囊，独自下车。刚一出站，不幸被一金发女盗盯上，为包里可观的钱财更为重要的证件，我固执地保护着，然而我一不会骂，二不会打，只能傻傻的用"躯壳"保护着财物。

锐赶到时我已伤痕累累，望着他，我的泪水夺眶而出。他陪我来到医院治疗，医生告诉我："你要当妈妈了。"我朝他望去，一直心怀内疚的他，此时脸上写满惊喜。

2008 年 8 月 14 日

今天，我与锐的爱情开花结果，宝宝来到了我们的生活，为纪念并见证我们的爱情，给她取名为"屿"。

【点点思雨】

如果生活是一朵常开不败的花，那么爱情与婚姻则是不可或缺的花瓣，挫折与不幸则是滋养花朵的养分。没有养分，生活之花怎会异彩纷呈？或许，你我都有过不幸，但拐过转角，会邂逅幸福。对于爱情，我要说，"两情若是久长时，又岂在朝朝暮暮"；

对于婚姻，我要说，“善忘不悦，铭记幸福”；对于生活，我要说，“祸兮福之所倚，福兮祸之所伏。”辩证地看待生活，用发展的眼光憧憬未来，坚信自己的选择，坚守自我的情感，坚强面对生活，让我们心中开放幸福花！

（张艳华　天津市实验中学）

因为爱，所以依赖

走在回家的路上，一个人，牵着女儿的小手，疲惫地走在这陌生的街头，渴望早点回到我的家。其实，那不算是家，因为那是别人的房子，我只是一个租客。楼道里的灯是昏暗的，卫生间里的异味就像幽灵一样挥之不去。我皱着眉头，一遍又一遍地擦洗着地板，想在干净的地面上寻找自己失落了的那颗充满激情的心。起码，在刚刚过去的一个月里，我披荆斩棘，用一种无畏的勇气，来到这有着“人间天堂”美誉的杭州。可是现在，当憧憬变成了现实，我却颓废了……

“妈妈，我又饿了！”女儿看着我，眼睛里的无奈、忧伤蔓延开去。“要是爸爸在就好了！”说着，眼角的泪水已经顺流而下，直至她的嘴角了。

“给爸爸打个电话吧！”我拿出手机，按了那个自从两地分居后拨打了上百次的号码。

“爸爸，我饿！我想吃饭，我想吃面条，我想吃鸡蛋……”

我连忙夺过手机：“别说了，妈妈带你去吃。”

“又是去店里吃！”女儿嘟着嘴。

是的，又是去店里吃。妈妈没有力气做饭，没有力气做菜，冰箱里连颗鸡蛋也没有，妈妈没有时间去买，也懒得去买。

“要是爸爸在就好了！”女儿又说。

是啊，要是他在就好了！才分开一个星期，我和女儿就都有一种强烈的愿望——要是他在就好了。他在，就可以不用这样吃街头餐馆了；他在，就可以不用害怕楼道里微弱的灯光了；他在，就连房间里的垃圾桶，也不用我去整理了……

“妈妈，晚上我们吃什么？”女儿的话，把我从思绪中拉了回来。

“吃面条吧。”于是，牵着那双纤弱的小手，又走进了那家一碗面只要五元钱的小店。

回到家，累成了一摊泥。女儿很快沉沉地睡去，那么香甜，那么沉静。我又开始拨打那个号码："我想家了！"

"你不是说忙得没有时间想家了吗？"他说。是的，就在下午，原单位的同事问我，想家吗？我说，我忙，没时间想。

"好吧，我想的不是家，是想你了。"我说，"我想念你做的饭菜。"我又说。

左手一袋番薯，右手一壶妈妈做的红酒，肩上还挂着那个背了五六年的肩包，周五的晚上，他真的来了。

"赶紧给我们做碗素面吧！"我迫不及待地说。几分钟后，我和女儿狼吞虎咽地吃起了他做的面条。那是我背井离乡一个星期之后，吃到的最美味的人间美食。

"你把我变成了一个生活不会自理的女人。"我埋怨道。

"只有这样，你才逃不出我的手掌心。"他说。

好吧，就这样，一辈子住在你的手掌心吧。

【点点思雨】

有人说，距离产生美。但当我以一种壮士断腕的勇气背井离乡时，当我在陌生的街头寻找熟悉的味道时，才发现，一家人在一起，平凡地相守，平凡地看着日出日落，平凡地逛菜场做饭洗碗，才是最幸福的事。有句话说，爱，就要大声说出来。同样的道理：需要，就大胆地表达出来。婚姻的道路上，遇到荆棘与芒刺都不可怕，可怕的是不再需要对方，或不再被对方需要。就像大海拥有浪花才能波澜壮阔，浪花因为大海才永不干涸；高山有了树木才会郁郁葱葱，树木因为有了高山才会显得更加伟岸。

（朱一花　浙江省杭州市娃哈哈小学）

找一个同行做自己的另一半

一晃我和妻已结婚十余年了，十年的夫妻像是比翼齐飞的爱鸟，每天“日出而作，日落而归”。妻与我是同行又是同事，这使我们对彼此有了比别人更多的理解和关爱。妻常说我们是先结婚后恋爱，我不知道这话说得对不对，但现在看来，选择教师做自己的另一半是再好不过的了。

找了一个同行老婆，对于我这个热爱教育的人来说，可谓如鱼得水。恰巧的是我们那年教的是同一个年级，只是不在同一所学校，这无形中又为我们创造了更多的话题。我们把课程的进度安排成同步，每天回家彼此互通得失，教学中遇到的困惑一起切磋，工作中取得的成绩共同分享，遇到优美的文章互读互听……总之，我们整天谈的想的都是教育，因为彼此对教育都有着执著的追求，一些生活琐事自然也就不再计较，很少有什么争执发生，日子过得也蛮惬意的。毕业统考时，妻子的班级是全镇第一名，我班是第二名，这样的成绩令很多同事称赞，当然更值得我们骄傲。一个轮回带完我们各自又从头带班，带的又是同一个年级。就这样，我们的生活日趋甜蜜幸福。

2009 年 9 月 9 日，我们学校组织全体教师进行体检。我做完心电图后，心电图的自动分析是“前壁心梗，有可能死亡”。“前壁心梗”这个概念我不太了解，但谁都知道“有可能死亡”意味的是什么，这无疑给了我当头一棒。医生建议我再去大医院查一查。当时，我的心里百感交集，壮志未酬，就要英年早逝！对于父母、孩子我还都没有尽到责任啊！

妻子得知后，再三安慰我说：“咱们这儿的心电仪一定是出了问题，肯定是不准的，明天我们到牡丹江心血管医院再去查查。”一时间，我也放松了许多。下午下班后，从不摸电脑的妻子却上起了网，我在网页的历史记录上看到，妻子查的都是“心梗病人的症状有哪些”“心梗病人发病后如何处理”，等等。原来，看似平静的妻子其实早已按捺不住了。去市里检查前的那天晚上妻子辗转反侧难以入眠。看到这样深爱自己的妻子，先前心里的那种恐惧早已抛到九霄云外，剩下的全是温暖和幸福。后来，做了最有权威的64排CT检查，结果是先天性“心肌桥”，并无大碍。

2010年村小合并，妻调到了镇中心小学，与我同一单位。而我荣升为学校教导主任，听课、上课、教研、检查……一时忙得不可开交，工作起来常常忘记了吃药。妻每到第一节课下课就端着热水叮嘱我吃药，课后，还常常给我端杯白开水放到我的办公桌上，几个男同事看到了羡慕不已。

起初听同事说找对象不找同行，现在看来那是不对的，因为找一个同行做自己的另一半，她才可能更好地理解你、帮助你、支持你，不是吗？事实验证了我的选择！

【点点思雨】

幸福的婚姻需要志同道合、取长补短，更需要相濡以沫、相互关爱。共同的志向能让彼此间相互信赖，相互理解；共同的努力能促进彼此的成长；共同的话题能为彼此间增添更多的情趣，拉近距离。

找一个同行做老婆，无疑是找到了一个陪伴自己终生的亲密教育研究伙伴。因为共同的职业，使得彼此间可以产生更多的理解和共鸣。工作之中，她能分享你的快乐，分担你的忧愁，她能懂你所想，知你所行，可谓默契！

（王教刚　黑龙江省海林市新安镇中心小学）

因为爱，所以爱

每年的 8 月，照例是一年级新生学前培训时间。2008 年 8 月 7 日，正好是七夕节。下午六点四十分，送走了最后一名学生后，我长长地舒了一口气，准备和等候已久的老公一起外出过节。

这时候，带寄宿学生的史老师领着哇哇大哭的小磊来到了办公室。这个孩子家在博兴，刚刚来到学校，不习惯学校的寄宿生活，每到放学时都哭个不停。

进了办公室的门，小磊一屁股坐到了地上。我皱着眉头，试着和孩子沟通，但是孩子一着急，满嘴冒着博兴方言，叽里呱啦的。我费了很大的劲才听出了大概的意思，好像是晚上必须回家，不想住在宿舍里。

我心想，弄不好今晚连家都回不了了。我无奈地叹了一口气，重重地靠在椅背上，做好了打持久战的准备。这时，一直坐在一边的老公轻轻地说："你歇一会儿，我来试试吧！"

他用博兴话慢条斯理地问："小磊，你家在哪里啊？"孩子说："博兴。"

他故作惊讶地说："是吗？我家也是博兴的。"

小磊的眼里闪过一丝怀疑，也有点惊喜，接着老公和他聊起了他们共同的"家乡"——博兴。通过聊天小磊觉得和老公之间的距离越来越近，便忍不住问："叔叔，我们两家住得那么近，你什么时候回家带上我吧！"

老公说："好，但是我这个星期还不能回家，我什么时候回家一定带上你。"他接着温柔地说："孩子，今天晚上你不能回家了，你看天都这么晚了，我送你去宿舍吧。"

孩子有点为难地说："叔叔，你能不能明天来，让我给妈妈打个电话。"老公欣然答应。

把孩子送到宿舍后，我们夫妻两个人踏着星光回了家，就这样度过了一个别样的七夕。

第二天一早，下起了大雨，小磊趴在二楼的窗户向外看，像在期待着什么，窗外电闪雷鸣，雨似倾盆，蒙蒙的雨丝中一切都模糊了。

突然，孩子的眼睛一亮，张叔叔果真来了，他穿着雨披，雨水顺着头发往下流，气喘吁吁，显然是急匆匆地赶过来的。

我奇怪地问："你今天不上班吗？怎么跑这里来了？"

他第一句话却是："小磊呢？我说好今天来帮他给妈妈打电话的，在孩子面前我必须说到做到。"

这个电话一打就是半个小时。后来我才知道，为了履行自己的诺言，老公跟他的领导请假，谎称我生病了。

同事们问老公为什么要这样做，他不好意思地笑着说："因为我爱自己的妻子，我的妻子爱这些天真的孩子，所以我也爱这些孩子。"

给生病的学生送药，和学生一起打扫教室卫生，送学生到学校上学，接学生到家里吃饭……这些事老公都做过很多很多次，他不仅仅是为了支持我的工作，更是为了诠释心中的那份爱。

【点点思雨】

爱是什么？是教师对学生的付出和牵挂，是家人对我们的理解和支持。

我不知道，选择做教师的老公，是不是同时也选择了奉献。我不知道，天下还有多少像我老公一样，默默地支持着教师的家人。他们就是我们最强大的后盾！很多老师把作业带回家，把心情带回家，把疲惫带回家，甚至把学生带回家……对此，家人给了我们太多的理解和包容。这一切都源于一个字——"爱"！让我们常怀一份温暖、一份感恩。

（徐晓彤　山东省滨州市授田英才学园）

幸福地做好自己

岁月荏苒，日月如梭。转眼间，我们相识相知的时光已经在不知不觉中过去了 19 个春秋。回首我们一起走过的平凡而踏实的每一天，生活中的无数个场景，历历在目，仿佛发生在昨天。

从小到大，在家人的呵护中，我健康快乐地长大。毕业之后，我从学校又回到了学校，长期和可爱的孩子们打交道。这样简单、单纯的环境，让我的思想简单而明澈，同时也让做事认真的我不懂人情世故，为人不圆滑。有人说我就是个不食人间烟火的人。有时候，在内心深处，我难免会为自己的诸多不会、不能干，为自己和别人不一样而难免自卑。只有懂我的你明白我的独一无二，把我当成难得的珍宝。

你的慧眼识"星"，怎不让我感激？

近些年，随着责任的增加，我肩上的担子越来越重。除了常规的一线教学工作以外，各级各个部门的工作也得参加，而且都要完成好。这些工作都是在尽量不影响常规工作的情况下，自行加班加点解决的。近些年，加班于我来说，似乎成了常态，身体也在这样的超负荷下"负债累累"。

幸好，背后总有你默默地支持。

每当我说："好忙啊！近段时间又有任务了！"

"不忙你，忙谁？你看你得到了那么多！"你总会适时调整我的心态。不仅如此，你还一如既往地承包了所有的家务，让我能够心无旁骛地完成"伟业"。

都说好女人是一所学校，其实好男人又何尝不是？你的豁达、担当，你的包容、卓识，你的付出，你的智慧，让婚后的我在不知不觉中成长了很多。虽然现在的我依然不够完美，但在你的影响下，我已经在不断地完善自己，也变得越来越美丽了！这一切，都是你的功劳啊！

你的所作所为，怎不让我感激？

你不怕吃亏的精神，走到哪儿都受人欢迎。在家如此，在外更是如此。你的好人缘，是有口皆碑的。虽然你很平凡、很普通，但我深深地知道你的价值所在。

无论是做人还是做事，用表哥的话来说，你是我们小一辈中的楷模。

和不张扬的你在一起，总是让人觉得格外踏实、安心。虽然极少听到你的甜言蜜语，但多年来你点点滴滴、实实在在的付出，早就让我感受到在平凡人家享受女王般待遇的幸福，让已步入不惑之年的我、憨憨的我、没心没肺的我依旧能保持我率真的本性，自由自在地表达着我的喜怒哀乐。

这是多么的难得，又怎能不让我感激？

一路有个懂我的你，呵护着我，包容着我，才让似乎永远也长不大的我，在岁月的流逝中，永葆那份可贵的童真、童趣，幸福地做着最好的自己。

【点点思雨】

上苍好像特别垂爱我，格外优待我似的。纵使历经岁月的洗礼，还能青春依旧，一如从前。以至于很多人见到我就是这样一句话："怎么就不见你老啊？"幸福，才不显老！是的，随着岁月的流逝，当繁华落尽，当青春不再，当爱情似乎在平凡的日子中渐行渐远的时候，人们很容易在麻木中忘却身边的美好，忽视身边人的默默付出，拥有幸福，却身在福中不知福。学会珍惜身边人，永远感谢他的相拥相伴。

（管宗珍　湖北省武汉市吴家山第三小学）

婚姻城堡里的爱情保鲜盒

片段一：2006 年 5 月 18 日 · 结婚十年

坐在电脑前，流连在教育在线心灵港湾。

儿子已睡，老公加班未回家。夜很静。

突然一阵风卷过来，书房的门被扫开。

只听一阵急促的喘气声，原来是老公回来了。

笑问老公："干啥，有人追杀？"

老公不作声，先是开灯，接着数落我："干什么？打你手机关机，打家里电话老是在通话中，再一看家里的灯又未亮着，心想，出了什么事？我刚才是拿着一根棒进的门呢！你怎么不开灯呢？"

我还以为什么大事呢。我说："你的宝贝儿子睡觉时要把灯全部关掉。"

本觉老公有点小题大做了，可再一转念，突然只觉内心充溢着无以言说的感动。

片段二：2006 年 6 月 7 日 · 结婚十年

白天送考完了，晚上和老公、儿子在家。

我大声呼叫着："有谁吃桃子呀，新鲜的蟠桃啊！吃的举手！"儿子大叫着："我举手了，我要吃最大的！"看到老公还没举手，于是继续大叫："还有没有要吃的，过期不补啊！"老公也乖乖地举起了手。儿子大喊着"还有爸爸要吃"。

从冰箱里拿了五个桃子，然后跑进厨房，认真地削起皮来。

把装水果的盘子端到老公和儿子跟前，老公马上把大的"抢"走了。想不到平时不馋零食的老公也有嘴馋的时候，馋到大的吃完了，还把儿子的第二个小桃子啃了一口。看到两父子为争桃子而笑着叫着闹着，感觉很甜蜜！

片段三：2013 年 11 月 9 日 · 结婚十七年

周六休息，窝在被子里，背着《长恨歌》。

“……天生丽质难自弃，一朝选在君王侧。……天啊，我这记性，怎么这么差呢？后天我怎么在学生面前背啊？”

老公见状，拿过我的语文书，说道：“我来陪你背，想当年读高中时，《笠翁对韵》我是全文抄写且背得滚瓜烂熟的呢！”

“你还真牛呢！我可不信。”

“……后宫佳丽三千人，三千宠爱在一身。金屋妆成娇侍夜，玉楼宴罢醉和春……”

嘿，真还够他吹的呢！竟然背到我的前面去了。

“你背的时候，头脑里要能浮现一个个场景，就像在还原历史故事一样，再试着把每一句多读两遍，就能够背下来了。”

在老公的陪同与指导下，我终于背完了《长恨歌》，狠狠地在学生面前秀了一回。而老公自己，也早已在我面前狠狠秀了一回呢。

【点点思雨】

婚姻城堡里的爱情靠什么保鲜？就是他能尽情尽兴陪着你，陪着你做着你喜欢做的事，陪着你在时光的年轮里一起慢慢变老。

（谌志惠　湖南省津市市第一中学）

老班的“简约”婚姻

“乱花渐欲迷人眼”的峥嵘岁月已成往昔，如今，年过不惑，人淡如菊，只求岁月静好。“我能想到最浪漫的事，就是和你一起慢慢变老。”这句歌词正道出了我对婚姻的憧憬。大道至简，道法自然。我这个老班的婚姻已经洗尽铅华，返璞归真，只有别样的简约，别样的清淡，别样的幸福，渐入琴瑟和谐的佳境。

暑假的午后，听着滴答滴答的雨声，吹着凉爽的微风，慵懒地靠在床头看诺丁斯的《幸福与教育》，老公躺在我身边时而看报，时而假寐。我于是放下手中的书，开始做女红，边做边和老公有一搭没一搭地聊人生，聊工作，聊儿子……悠悠的风，悠悠的雨，悠悠的人，悠悠的话……

结婚 19 年纪念日，早上我给老公发了短信：“19 年前，一袭红衣、粉面桃花的女子步履款款地迈进了老贠家的大门，从此担负了更多的角色，不敢有丝毫懈怠。如今，两鬓花白，儿子抚养长大，青葱岁月已成过往，岁月静好，我心向往。”老公中午在单位加班，我们没能一起庆祝。下午一下班，老公就等在学校门口，我们不用招呼，相视一笑，胳膊一挽，就照计划去离家较近的新开的烫菜馆庆祝。因为我晚上八点要准时聆听“全国班主任成长研究会”（简称“心语”）群里的讲座。两碗麻辣烫，一瓶啤酒，我俩吃得热热乎乎，乐乐乎乎。

老公生日前几天我就查了日历，是个礼拜一。为了表达爱意，我叮嘱自己一定要给老公好好过个生日。可没想到，老公生日那天，我两眼一睁，忙到熄灯，早把这事忘到了九霄云外。直到晚上做完健美操，大脑清空为零后才猛然记起。可老公下午三个烧饼已下肚，买吃的如何吃得下？买花吧，老夫老妻，多不实惠！但无论如何总得表示一下。于是，我买了六元钱的鸭脖子，四元钱的老公爱吃的麻花。回到家，我钻进厨房不声不响地把苹果、橘子、红提捯饬得像花儿一样。当我端出了两杯自酿的红葡萄酒，呈上三盘水果、一盘肉和一盘小吃时，老公先是一脸茫然，后又乐呵得大笑，原来忙碌的老公也忘记了自己的生日。十元钱的小宴，我俩却开怀畅饮，自是浪漫在心头！

现在每个清晨，我和老公都会准时来到静谧的操场上，仰望星空，脚踏大地，打半小时的太极，在一呼一吸中，吐故纳新，在一招一式中，舒活筋骨。每个周末，我和老公会利用一天的时间看望老人，打理家事；另一天则或携手来到公园，老公听戏我看书，各得其乐，或到市区附近徒步旅行，走一走，歇一歇，拍拍照，聊聊天，让身体在山水之间徜徉，让心灵被碧水蓝天净化，让头脑被明月清风荡涤，让双眸被氤氲之气滋润……

简约、恬淡、闲适、静好的婚姻，我喜欢！

【点点思雨】

无数个偶然堆积成了必然，我们才于茫茫人海中找到了心仪的他或她，才和爱人步入神圣的婚姻殿堂，相约百年，缘定终生。无论贫穷还是富有，疾病还是健康，我们都愿意相爱相敬，不离不弃，永远对爱人忠诚不渝，直至生命的尽头。

“婚姻不是爱情的坟墓，而是爱情的延续。”婚姻生活并不仅仅是柴米油盐，也并非索然无味，只要你心存感恩，不攀不比，愿意调味，婚姻生活便会如一本厚重的经书，百读不厌，历久弥新……

（霍松梅　河南省三门峡市第四小学）

第六辑

尊重家人　付出真情

※爱双亲，爱邻居，付出真情，收获幸福。当爱成为融入、付出、陪伴，爱就会有收获。融入家庭，付出真心，陪伴家人，收获爱情。

※做事的高度就是做人的高度。无论是在家里，还是在单位，很多道理都是一脉相通的。在家孝顺老人，在外自然就能够关心他人；在家能够把婆媳关系处理好，在外就能够处理好同事和师生关系。

善待曾经刻薄的继母

婆婆是我先生的继母。

我先生 13 岁时亲娘就去世了，留下他和一个 15 岁的姐姐。婆婆在先生亲娘去世当年就进了他家的门，而且还带了和姐姐一般大的女儿过来。因为姐弟俩抵触不肯喊她妈妈，婆婆没少给姐弟俩罪受。

据说，当年婆婆母女经常穿新衣服，而我先生和他姐姐一直穿带补丁的衣服。终于有一次，姐姐因指责这件事惹怒了婆婆，她舀了一勺滚开的稀饭向姐姐额头泼去……从此，姐姐去跟奶奶过了，只剩我先生还和婆婆生活在一起。

在我嫁给先生之前，就对这个后娘是如何厉害有所耳闻。说良心话，在我看来，这个婆婆能把我先生培养上大学，也算功德圆满了。农村有养儿防老的思想，估计婆婆也是有这个顾虑的。

总体来说，婆婆对我还很不错，只是有点嫌隙。我生孩子的时候，她坚决不伺候我坐月子，也不帮忙带孩子。她说自己不是亲奶奶，万一有闪失说不清楚。我对此很有意见。她除了把自己的积蓄贴补给她女儿之外，还要求把家里的祖宅也留给她女儿，我表示反对。她和她的女儿为此视我为仇人。

天有不测风云，人有旦夕祸福。我的孩子刚满两岁，婆婆和公公就先后被查出患有癌症。婆婆胃癌做了手术，公公肺癌晚期已经不能手术了。我和先生一下子感到泰山压顶。我负责带孩子并到处借钱给老人化疗，而先生则请假在医院照顾他们。

我们把家里能够变卖的东西都卖了，外面还债台高筑。亲姐姐舍不得，要求自己和继母的女儿一起出钱支持我们，被我坚决拒绝了。

我的公公去世之时，婆婆抓着他的手要他立下遗嘱，她担心我们不管她。我的公公狠狠地推开了她，说了一句:“我这儿子和媳妇不会亏待你的！”

公公走了之后，婆婆的身体每况愈下。她要求自己的女儿在身边照顾她，但我们要支付她的生活费用。我二话没说，有求必应。她听说三株口服液对癌症患者有疗效，要求我们买给她喝。于是我把我们的工资都省下来买给她喝，一直到她最后喝不了东西了为止。她想要穿的衣服鞋袜，我全部照办。她想吃一种夹心饼干，我连夜骑车到城里买给她吃，她只吃两块就吃不下了。冬天里，她说想吃西瓜，我请朋友从南京带回一个西瓜。当时是20世纪90年代，我是用两元一斤的天价买来的。买到家切开之后，她只吃了一口就吃不下了。她终于流泪了，抓着我的手说:“我真的没有想到你会对我这样好……”她的女儿也在旁边垂泪。

我的婆婆去世当日，她娘家人有几次想挑起事端，而婆婆的女儿一直帮我们说话，制止了她的亲舅舅亲姨妈们。我想，婆婆的在天之灵也一定在守护着我们。

虽然我们一直到十年之后才还清了债务，但是我特别安心！

愿我的婆婆和公公在天堂安息！

【点点思雨】

婆媳关系好像是剪不断理还乱的永恒矛盾，养儿防老也是中国父母的普遍心理。作为子女，应该理解父母的这种心愿——希望自己在老的时候，能得到儿女的无私照料。将心比心，如果子女真心感激父母的养育之恩，忘记怨恨，尽自己所能给予父母最好的终极关怀，即使是曾经有过隔阂的继母，也会被感化落泪。要坚信：精诚所至，金石为开。

（吴樱花　江苏省苏州工业园区星港学校）

哄好家中的“宝”

婆婆和我们生活了近20年，我已经习惯她的唠叨，习惯了互相的照料，这一“宝”给我们带来了不少喜和忧。

婆婆是天气预报员，每当天气变化，就会叮嘱“今天记得带雨伞加衣服”。有时望着同事没伞回家在冷风中瑟瑟发抖，我更是敬佩婆婆这天气预报员的未卜先知。

婆婆是保险锁。每次外出，可以不带钥匙。回到家，一敲门，甜甜地叫上一声：“妈，我回来了！”吱呀一声，门开了，婆婆笑脸相迎，接过我买的菜，问我累不累。那一刻，我觉着家特别温暖。

婆婆是生活顾问。她会告诉我怎样做菜好吃，怎样居家省钱，怎样做最安全。和朋友郊游野炊，我俨然成了生活百事通，让朋友们刮目相看。

这些都是家中一“宝”带来的喜。

这一“宝”带来的忧就是越权太多。我要儿子自己吃饭，婆婆一句“泥鳅要捧，娃娃兴哄”，端着碗满院子地追着喂；我告诉儿子作业做完才能玩，婆婆经不住儿子缠，先让他看电视；最恼火的是，我批评儿子，婆婆就狠狠地批评我，儿子满脸得意，还对着我做鬼脸直哼哼，而且变得愈来愈顽劣。

我向来认为顺就是孝。可是这隔代教育不利于儿子的成长，我言辞恳切地和婆婆讲述隔代教育的危害。谁知，婆婆一生气，回老家了。

没几天，嫂子电话给我，说：“羡慕嫉妒恨啊。”我纳闷：“怎么了，嫂子？”嫂子道出原委：婆婆在老家的日子，时常念叨我的好，“丽兰从不让我吃剩饭，家里的剩饭都是她抢着吃。”“我牙不好，丽兰专挑我咬得动的水果买，我爱吃什么就买什么。”

还说，婆婆想明白了，一代管一代，孙子辈还是他爸妈管得好。

和婆婆一起住了这么多年，没她转悠的身影总觉得房子里少了些什么，家里没她唠叨我还真不习惯，尤其是没了她的天气预报提醒，我就闹感冒了。我还真离不开这一“宝”。我用十二分的诚心把她接了回来，又捎带了一堆营养品，让她美得不得了。

她果真不再插手我教育儿子的事。

这不，小区一家婆媳为孩子闹矛盾，她帮着劝解：“隔代教育对孙子不好，儿孙自有儿孙福，孩子还是父母管得好，我们老人家就少操份心。”

我扑哧一笑，直赞婆婆知书达理，明白事理。婆婆笑得更得意：“我也要与时俱进嘛。”

婆婆也很时尚，老人家的衣服什么好看她就喜欢什么，陪她逛街买上一件她喜欢的衣服，都会乐上好几天。有的同事知根知底，笑话道：你家婆婆被你打扮得比你还时尚。

什么是孝，顺就是孝，哄好家中一“宝”，这就是家和的法宝。

【点点思雨】

我一直认为，做事的高度就是做人的高度。无论是在家里，还是在单位，很多道理都是一脉相通的。在家孝顺老人，在外自然就能够关心他人；在家能够把婆媳关系处理好，在外就能够处理好同事和师生关系。一个人格相对统一的人，应该能够做到内心世界和外部世界的和谐统一。因此，在处理婆媳关系上，我觉得最重要的一个字就是“真”，真心喜欢，真心悦纳，真心宽容。有爱和尊敬，就能够处理好天底下最难处理的一对亲人关系。欣赏婆婆，宽容理解，投其所好，再加上感恩……这些都是聪明媳妇的做法。

（覃丽兰　湖南省怀化市铁路第一中学）

欲保爱情，先建婆媳情

听过无数婆媳成仇的故事，所以我非常庆幸自己有个好婆婆。我的婆婆是个典型的贤妻良母。我深知婆婆在老公心目中的分量是最重的，为了让他更安心地工作、生活、顾家，我也总是真诚地对待婆婆。

婆婆的腿在她30岁左右时严重摔伤过，当时没有得到好的治疗，加上风湿病严重，现在腿已经变形，并且疼痛总是折磨着她。这样的折磨婆婆已经忍受了十几年了，但她却极少提起。有一次我听从医生的建议，给婆婆买了一个疗程的药，有吃的，有贴的。没想到那药很有效，婆婆觉得疼痛感轻了不少，脚也方便了很多，因此她很高兴，第一次主动提出还想再买一些。她自己坐车来到县城，我带着她去那个药店又买了两个疗程的药。药店老板说："你女儿可真好啊！"婆婆骄傲地说："这是我媳妇，可是比女儿还好。"结账时，婆婆听说那些药需要将近五百块钱，马上一个劲地说："只要买一点就够了，我的脚已经好得差不多了。"我知道她是心疼钱，尤其是因为我到县城工作，买了房子后，婆婆一直为我们那几十万元的债务担心。我说："要治就要彻底治好，不必在乎一点药钱，而且我刷的是医保卡，里面的钱取不出来，只能买药。"好说歹说，婆婆才无可奈何地让我刷了卡，之后还嗔怪着说："现在我找得到地方了，以后买药就自己来买。"

"好好好，以后您自己买。"我笑着说，挽过婆婆的手臂一起回家。

"娘肚子里十个崽，崽肚子里却没得娘。"婆婆把她的每一个孩子都放在心上，包括儿辈和孙辈。尤其晚上睡觉时，她就会在心里把每一个孩子想一遍，想着想着就睡不着了，就想打电话问问孩子们的情况。

我常说我们家的电话打倒了，本该孩子给父母打的，变成了父母给孩子打。老公的哥哥和妹妹都在广东打工，妹妹还好，偶尔会打电话给婆婆，或者挂了婆婆的电话回过来。可哥哥只要没空就不接电话，也不回电话，这就更让婆婆担心。

看着婆婆整天为孩子担忧，我只好勤快一些给婆婆打电话或回家看望他们。每次接到我的电话，婆婆总是很开心。“只要听到你们的声音，我心里就舒服了。”婆婆常常感慨地说。电话里，婆婆总要和我聊聊家长里短，问问哥哥妹妹他们有没有和我们联系。末了，她总是要嘱咐：“照顾好身体，带好孩子啊。”每次通话，至少要 15 分钟。邻居们总是说：“不知道你们娘儿俩是怎么回事，总有那么多话说。”老公有时也不无嫉妒地说：“妈妈跟你做媳妇的说的话，比跟我这做儿子的说的话还多，不公平呀！”

朋友们都称我们是“模范夫妻”，我相信，这与我婆媳关系处理得好有很大关系。

【点点思雨】

婆媳情是婚姻家庭里敏感的话题，也与夫妻感情息息相关。我相信，婆媳情浓的家庭里，夫妻感情也一定非常好，因为你尊重了对方的父母，也就真正尊重了对方，才能真正赢得对方的尊重。作为儿媳妇，与婆婆相处时，应少计较，多关心，影响心情的事情少去想，有利于家庭关系的事情多去做，这样就能在婆媳之间架起沟通的桥梁。婆媳关系好，家庭关系才会融洽，婚姻爱情才能长久。

亲爱的媳妇们，为了你幸福的家庭、美满的爱情，请尽力做好婆婆的“女儿”吧！

（宁解珍　湖南省隆回县九龙学校教师）

婆婆让我家评为“五好家庭”

一个农村妇女，独自一人把三个孩子抚养大，已经很不容易了，再把三个孩子都送到大学里去，家里可就穷到了土坯房子都快要塌了。我们结婚的时候，我的婆婆能给我拿出的唯一的“彩礼”，就只有一床被子了。

我跟爱人商量，把我们买结婚戒指的钱拿出来给婆婆买了一个金戒指，又给婆婆里里外外买了几身新衣服。婆婆娶儿媳妇的时候，戴着金戒指，穿着新衣服，全村的人都说，这个苦命的老太婆终于可以享福喽。

其实，真正享福的人是我。

女儿要出生时，婆婆从老家扛着一个大大的包袱来了。单的、棉的、里的、外的、铺的、盖的，小宝贝出生后需要的东西，婆婆一样不少的带来了。歇完产假，刚上班，领导就要我担任班主任，婆婆说，你安心工作吧，家里有我呢。女儿刚半岁，我要出差，婆婆说，你放心去吧，家里有我呢。

婆婆和儿媳妇相安无事，偷着乐的是婆婆的儿子，我的丈夫。每天下午下班后，他拎起网球拍就走，一个“业余”选手，竟成了师大体育系科班老师们“抢手”的搭档。这不，前两天，市里几所高校举行网球比赛，他和师大体育系的老师们一起拿到了团体冠军奖杯。

婆婆和儿媳妇和平共处，偷着乐的是丈夫的妻子，婆婆的儿媳妇——我。丈夫想抽烟，婆婆说，掐掉。丈夫出去喝酒，婆婆说，不准超过一两。丈夫晚上出去玩，婆婆说，十一点前必须回来。许多人向我讨教“相夫”的良方，我说：“家有婆婆。”

家有婆婆，我们家多次被校工会评为“五好家庭”。婆婆说，军功章里，有我们的一半，也有她的一半。

家有婆婆，我和丈夫有了更多看书学习的时间。在计算机还是“奢侈品”的时候，丈夫便从书店里买来了一本又一本学计算机的书。当别人讲课还在用胶片的时候，我已经可以用很漂亮的幻灯片了。跟着丈夫，我学会了盲打，学会了五笔……那年，参加河南省“百千万工程”选拔，我抽到的题目是“谈谈计算机辅助教学的作用”，因为有“实战”经验，我很轻松地获得了全省答辩第一名的好成绩。我给一家出版社做稿件，编辑叮嘱我，标点符号要规范，最好不要有“硬回车”……我的稿子交上去，编辑说这是所有人里面做得质量最好的一个。

“老婆，这件衣服怎么样？”“‘聚划算’今天有麦片卖呀！”我没空逛街，老公居然成了淘宝的粉丝。在吃、穿、用方面，老公比我还清楚全家人衣服的尺码，还有家里油、盐、酱、醋少了什么。

人们都说，每一个成功男人的背后都有一个成功的女人。我想说，每一个幸福女人的背后都有一个默默奉献的婆婆。

【点点思雨】

一个女人最大的幸福就是婚姻的幸福，但很多女人却不知道拥有幸福的秘诀是什么。婆媳不和睦，受到最大伤害的是自己的老公。一个男人夹在两个女人中间，一边是生养自己的母亲，一边是要陪伴自己一生的妻子，左右为难。家务案是清官都判不清的，教师又是工作很繁重的职业，想让自己全身心地投到工作学习中，想让自己生活得有品位，就应该明白这样一个道理：家有老人是个宝。

（周枫林　河南师范大学附属中学）

婆媳缘，母女情

我和丈夫走到一起，有媒人的功劳，但更多的是婆婆的功劳。

第一次去婆婆家时，婆婆正忙着烧火做饭，听到动静，急忙从屋里出来，顾不得洗手，一手接过我的包，另一手拉起我的手，直到我走进屋里才放开。那份发自内心的亲切与真诚令我十分感动。我一个弱女子何德何能，让一个年近70岁的老太太如此喜欢。无非是她儿子喜欢的，她自然也喜欢。接触了婆婆，我下决心嫁给丈夫，婆婆待人这样好，儿子肯定也差不了。

婆婆没什么文化，不懂得什么“道人善，即是善”，却一直践行着传统的做人的道理。对我和大嫂，婆婆逢人就夸，走到哪里夸到哪里，我和大嫂简直成了村里媳妇的楷模。我走在路上，老人见了说：“你真孝顺，对公婆真好。”媳妇见了说：“你真孝顺，你婆婆直夸你。”我们哪有那么好，夸得我和大嫂都不好意思了，在言谈举止、待人处事上只好更加严格要求自己。我们的孝顺是婆婆夸出来的。

婆婆不仅会夸人，也会劝人。

一次，我和丈夫红了脸，丈夫带了脏字。婆婆听见了，马上脱口而出：“小爱，你骂他，他娘听着呢！他骂你，你娘听不见。”听了这话，想对丈夫以牙还牙也不敢了。瞧，婆婆多会劝架，表面上给你撑腰，但却让你不敢放纵自己。“两口子打架，分不出是非对错，赢了道理，输了感情。又不是不想过了，自家的男人，忍一忍，让一让就过去了。男人，在家活得像个男人，在外才能顶天立地。”想想，很对。于是，慢慢地，我对丈夫学会了包容忍让。

婆婆不仅是这样说的，也是这样做的。在公公面前，婆婆很会示弱，凡事很依赖公公，公公也很宠爱婆婆。我看在眼里，记在心上，偷偷地跟着学，哄着老公宠自己。现在我和女儿常戏称“我家有个国家级厨师”。做菜，基本上丈夫包了。饭桌上，我们谈论最多的是下顿吃什么，然后丈夫就开始了精心的准备工作。

婆婆的包容忍让，也助长了公公的坏脾气。不知因为什么琐事，公公大发雷霆，摔碎了碗，还要动手打婆婆，气得婆婆只知道哭。我看在眼里，疼在心里。多年相处，我早已把婆婆当做自己的亲人。当着公公的面，我怂恿婆婆跟公公离婚，我们管婆婆，不管公公，把婆婆接到我家，让公公一个人过。一想，还不行，公公找过来的话，婆婆还得跟着回去，得让公公得到教训。于是，我又把婆婆送到大姐家，告诉她，让公公多接几次再回来。这次离家出走可让婆婆扬眉吐气了一次，以后，公公的脾气收敛了很多。

婆婆今年 84 岁高龄，没打过针，没输过液，身体很硬朗。我祝愿她老人家一直健健康康。

【点点思雨】

多年婆媳缘，终成母女情，谁说婆媳不能和谐相处？婆婆在我眼里，是一部厚重的书，耐读，耐学，读不完，学不完。进了婆家门，想不优秀都难。在婆婆的言传身教下，我懂得了男人靠哄，女人靠宠的道理，丈夫做着家务，问我幸福不幸福时，我感到了生活的甜蜜美好，我深深感谢婆婆帮我调教了一个好老公。与婆婆相处，我成熟起来，对丈夫，学会了包容、示弱；对爱情，学会了装傻、经营；对他人，学会了真诚、亲切。婆婆教会了我生活。

（侯双爱　河北省保定市顺平县梁洁华希望中学）

善良，是你的另一个名字

冬季的深夜格外冷清，在辅导完最后一节晚自习后，忙碌了一天的我终于可以回家了。到家后，我看到爱人正大声地给我母亲讲解什么，凑过去一看，吃惊不小，原来她们正在看一部韩国动画电影。影片是原声播放，爱人看着中文字幕不断地给母亲讲述着电影中的故事情节。母亲斗大的汉字不认识两个，现在竟然让她看外语电影？我心中窃喜不已。这个温馨的画面，使我的内心有一种暖暖的感动。

母亲已经76岁了，身体还算硬朗，但听力越来越弱，以至于我们与她说话只能提高嗓门。晚上休息时，爱人说："我耳朵一直在嗡嗡地响，因为我吼了一晚上。"面对这个娇柔的人，我情不自禁地拥抱了她。

结婚一年多，爱人已经让我岳母吃了"两次醋"。第一次是帽子事件。冬天来了，原本对编织一窍不通的爱人决定为我母亲编织一顶帽子。为织好这个帽子，她买来织针和毛线，从网上找到视频教程，一步一步地跟着视频来编织，到最后锁边的时候，她怎么也看不懂，学不会，只好拿着未完工的帽子去向我岳母请教，结果引发了老人的醋意。好在爱人十分聪明，她马上买来另一种颜色的毛线，为自己的母亲编织起来。

第二次是因为爱人给我母亲洗澡。母亲年纪大，身材臃肿，腿脚不便，淋浴时特别容易滑倒。为了避免意外，母亲洗澡时，总有儿媳陪着。爱人让母亲坐在小凳子上，慢慢冲洗，慢慢揉搓。母亲虽然矮小，但身体的"版图"并不小。这工作量，可真的不轻。也许是她与我岳母闲聊时说到了这件事，以至于老人家又有点"醋意"了。

我与爱人是经人介绍认识的，认识之后，她看了我博客上的日志，结果泪流满面。她感动了，我也感动了。她读懂了我、理解了我，同时也俘获了我的心。为此，我专门为她写过一首小诗《是你》：“是你 / 看过我的文字 / 读懂我的心声 / 闯进了 / 我的内心。是你 / 总在深夜里 / 轻轻叩开我的心门 / 让我 / 内心失去平衡。是你 / 让我的脑海中 / 又多了一个 / 难以磨灭的身影。是你 / 总让我心神不宁 / 是你 / 总让我不经意间 / 想你、思你、念你。因为 / 你已深深驻扎在 / 我的内心。”她看过后，我也深深走进了她的内心！

看了我的文字泪流满面，她是善良的；透过文字理解明白了我，甚至敢与我直接裸婚，她是善良的；对老人的照顾无微不至，她是善良的。我的文字（思想）让她感动，她的善良让我感动，这些感动让我们懂得了感恩。感动与感恩，换来了家庭的和谐与温馨！

【点点思雨】

有一种美丽，看不见，摸不着，需要我们用心去感受，这种美丽是善良；有一种气质，是至尊的，又是高贵的，需要我们用心来品味，这种气质源自善良。夫妻相遇，靠缘分；夫妻相处，靠诚意，靠真心。“百年修得同船渡，千年修得共枕眠”，说出的是夫妻缘分的难得与珍贵；“夫妻恩爱，白头偕老”，道出的是对夫妻美好的祝愿。要经营好婚姻，最需要的是善良的心、感恩的情，唯有不断地用善心和感恩来施肥浇水，爱情的花朵才能永远娇嫩、鲜艳，持久不败。

（崔宝玉　河南省濮阳市第五中学）

用心写好“爱情”两个字

说实话，我和老公虽然是师兄妹，但是走进婚姻的殿堂却是领导做媒，所以结婚前没有谈过“情”，更没有恋过“爱”。结婚时，没有彩礼，没有花车，甚至没有一件新衣服。

我原来对老公不太了解，只是听别人说他不抽烟，不喝酒，也不打牌，非常孝顺双亲。结婚后才知道，老公是独子，婆婆41岁生下他。等我走进他家门时，婆婆已经65岁，公公也已经70岁了。老公也确实如别人所说，对双亲是孝顺之至。听过太多的不孝顺父母的人，最后自己也“迎来”凄惨、不幸的晚年的故事。我心想：只有爱自己父母的人才可能去爱别人，我相信，他会对我好的。于是，我慢慢尝试着融入这个家庭。

第一年结婚过年时，我把学校分的所有过年物资全部带到了婆婆家，并为公公婆婆各买了过年的新衣。第二年，又为他们买了换季的衣服。每到周末回家，我都会给公公带上一壶本地白酒；闲暇时光，会陪着婆婆一起打牌。回家第一件事就是看看水缸是否还有水，菜园是否需要打理。邻居都夸我是好媳妇。

婆婆家是棚户区，一个组就有好几十户。每个周六，走在回家的路上，遇上邻居，我总会亲热地打个招呼。回家忙完家务，我就会到东家串串，到西家走走，和他们拉拉家常。无论是老人，还是年轻人，或者是小孩子，我都能和他们打成一片，邻居都夸我没有一点老师的架子。

大年初一，我起个大早，和老公一起给各家拜年，让邻居都很不好意思（在婆家我们的辈分比较高）。邻居呢，今天为我们送来一把青菜，明天为我们送来几个鸡蛋，改天又为我们送来一袋花生。打菜油了，会为我们装上一壶；收割稻谷了，也会打上一袋新米让我们尝鲜。特别是2013年的乔迁宴，本来只请了相邻的 20 户邻居，但是最后几乎整个组都来了。他们说，我这个人好，这样好的事情一定要来为我捧个人场。

老公呢，果然如我所想，对自己的父母好，对我也是呵护备至。每次当我挑着水桶去挑水的时候，老公总是抢过水桶自己去挑；每当我生病的时候，老公总是亲自带着我去看医生，回来便忙着熬药，甚至把药端到床边喂我喝。等我喝完了药，又端来热腾腾的饭菜。特别是“月子”期间，每次熬汤后，他总是先自己尝尝咸淡，然后才端给我，所以我吃到的菜总是咸淡适宜。

我呢，在老公过生日的时候，总会提醒女儿为他买一些小礼物；来了稿费，会为老公买上一件新衣服；发了工资，总会主动取出一些让他给公公婆婆用。

我们没有轰轰烈烈的恋爱，有的只是平淡如水的生活。但是这一路走来，我们都在用心写好“爱情”两个字。

【点点思雨】

谁说爱情非要轰轰烈烈？谁说爱情非要惊天动地？尽管我们之前没有恋爱过，但是并不代表永远不会相爱。“爱情”两个字，不是只写写而已，也不是只说说而已，而是需要我们用心去体会。爱双亲，爱邻居，付出真情，收获幸福。当爱成为融入、付出、陪伴，爱就会有收获。融入家庭，付出真心，陪伴家人，收获爱情。在柴米油盐中，在人情世故中，品尝爱情的滋味。只要我们用心写好“爱情”两个字，我们也便收获了爱情。

（陈　娥　湖北省远安县南门小学）

爱，是一个个细节

回味十几年的婚姻生活，也算是亦有风雨亦有晴吧。尤其是生活在四世同堂的大家庭，让我体味到更丰富的人间真爱。

最难忘的是，在儿子一岁多的时候，为了避免儿子被四世同堂的十几位大人宠坏，我与爱人商量，趁全家人都在的时候，说说关于教育孩子的问题。爱人建议让我说，说我在大家面前说话有分量。其实，我知道这是爱人在给我戴高帽，同时我也知道全家人愿意把我说的话当回事，那是对我的爱与尊重。

在全家人的支持下，我们形成一致的教育合力，对孩子严爱有度，特别是在管教犯错的孩子时，长辈们尽管很是心疼，但从未当面护过，所以，儿子虽在四世同堂的大家庭中长大，却没有因被溺爱娇惯而出现的不良习惯。

在我们这个四世同堂的大家庭里，婆媳妯娌关系更是其乐融融。让我尤为感动的是，每年我的生日，婆婆总不忘按习俗为我煮生日鸡蛋，而且还要特意改善伙食。我不擅长针线活，婆婆每年总要亲自为我做几双鞋垫。这些看似不起眼的小事，都是婆婆对儿媳的爱与挂念。当然，我待婆婆与待妈妈一样亲，给她们买东西也都是一式两份，所以，我与婆婆之间从没有所谓的婆媳间的隔阂。

后来，弟弟结婚有了孩子，四世同堂的一家人才不得不分开住。永远忘不了搬家前一天一家人心情的复杂与沉重，爷爷、婆婆和我更是难以抑制自己的情感，禁不住泪流满面。弟媳看我们面对满桌的饭菜却无动于衷，就劝我们说，虽然分开住了，但彼此离得又不远，还是可以随时在一起的。在弟媳的劝慰下，我们止住了眼泪，可是彼此心中的那份眷念却一直都在。

一家人分开之后，让我尤为感动的是，每次去弟媳家，只要我们还没吃饭，弟媳总是第一时间为我们做饭或盛饭。有一次，我们去的时候一家人正在吃饭，弟媳赶紧放下仅剩小半碗粥的碗去给我们盛饭。我看在眼里，感动在心里，却没有说出口。过后，我把这份感动说给爱人听，爱人说这就是回报，因为你以前也是这样对她的。听着不善言辞的爱人如是说，我心里暖暖的。

这不禁让我想起另一件事。暑假，怕热的老公打开车窗，因我觉得风太大，就把我旁边的车窗升了起来，老公随即把车窗都关了，打开了空调。也许是生就的弱不禁风，吹着空调风我也感觉有点不舒服，就随手把朝着我的空调风口关闭，老公随即又把空调风力调小，温度调高了一些。看着一向怕热的老公为了我委屈着自己，心里有一种说不出的感动。

这些，也许就是最平淡最质朴的爱吧，没有轰轰烈烈，没有惊天动地，有的只是岁月沉淀后的一个个看似无心的微小细节。

【点点思雨】

曾几何时，把爱想象得多么唯美浪漫；曾几何时，把爱想象得多么耀眼光鲜；曾几何时，又觉得爱是多么缥缈虚无；曾几何时，深感婚姻是吞噬爱的天敌。然而，历经时光流转、岁月沉淀，才渐渐触摸到爱的真谛，品悟到爱的真味，懂得了爱不是花前月下的浪漫唯美，也不是虚无浮华的耀眼光鲜，而是无声的尊重与支持，是默默的善解与关怀，更是甘心情愿的付出与担当。用一颗平常心去触摸最质朴的爱吧，她就在那细碎日子里的一个个细节中。

（李巧枝　河南省郑州市中牟县东风路小学）

“孝”拴紧我俩的心

步入婚姻的殿堂，已经经历了九个春夏秋冬，听过多少遍“你有理，是吧？她有理，婆媳问题是大问题……”这支“歌颂”“中国婆媳”关系的千古绝唱，我庆幸自己与婆婆的关系是和谐融洽型的，更庆幸自己有个善解人意、宽容大量的老公。

我第一次违反了我与老公尽孝的约定：今年婆婆过生日那天，我准备像往年一样早点下班去给婆婆准备生日礼物，然后再带儿子和老公一同去祝贺。谁知学校临时来了个通知，说教育局第二天要来检查，晚上班主任全部加班做资料。一急一忙，婆婆的生日竟被我忘到九霄云外，老公呼我吃饭，“加班”还没来得及说完手机就撂到一旁。晚上回到家，儿子跑到我面前嗲声嗲气地说：“妈妈，今天奶奶生日，你怎么不去呀？是不是生奶奶的气了？”“啊！奶奶生日！”我怎么这么糊涂，自己忙该跟老公说一声，叫他去买生日礼物呀！看看表，现在已经晚上十一点多了，出去买礼物？超市全下班了。打个电话祝贺下，老人该休息了，担心吵着。怎么办？九年了，第一次例外，婆婆会不会怪我？老公会不会对我另眼相看？……越想越糟糕，“中国婆媳”关系的千古绝唱现在会不会轮到我？我僵持在那里，一动不动，心里是无尽的悔意……

正当我难过时，老公扭捏地过来握着我的双手，附在我的耳朵上亲昵地说：“工作狂，没事，你没时间完成的事我帮你完成了，买了一件羊毛衫给妈。刚才我没告诉你，一是不想打搅你工作，二是想给你一个惊喜……”

“嘟嘟……嘟嘟……”这么晚了，谁还来电话？“儿媳，谢谢你给我买的羊毛衫，正合身呢！”“妈，生日快乐！”此时我眼睛湿润了，久久深情地凝视着老公，老公欣然的亲吻着我，这种吻，是善解人意的吻，是宽容大量的吻。老公没有责备，没有从中挑刺，而是不想打搅我的工作，想要给我惊喜，让我讨得了老人的欢心。无论如何，第10个生日、第11个生日……不，不只是生日，只要是为老人，天塌下来我都要亲身办妥，尽我最大的力量在老人有生之年尽尽孝心。

因为都有颗孝心，我与先生相知相恋，我们的爱情也最终开花、结果，却始终不变。

【点点思雨】

现实生活中，很多小夫妻因孝敬老人的问题而导致婚姻支离破碎。各人的父母各人爱之切，所以偶尔一句不经意的话，一件不起眼的小事，都可能会使对方敏感地想到是对自己父母的不孝而引发口角，甚至导致婚姻破裂。理智的夫妻，若是以平等的心态去对待双方的老人，以爱对方就要爱对方的一切，包括孝敬老人为宗旨，以小家和谐，大家团结为追求。夫妻双方多一分信任，少一分猜忌，多一些理解，少一些争执，那么孝心就会使爱情之花开得更加灿烂。

（吴　霞　安徽省宿松县破凉中心小学）

妻子为爸爸笑了而兴奋不已

下了晚自习回家，刚进门，妻子高兴地对我说："爸今天笑了！"

几年前，为了让父亲能够生活得更好一点，我和爱人商量把他接到我们身边，和我们一起生活。没过几天，妻子就问我："爸是不是不想和咱们在一起生活？"

我问："为什么？"

妻子说："你看爸爸，过来已经快一个月了，总共也没说过几句话。"（那时我和妻子结婚虽然已近七年了，但和我父亲一起生活的时间没有超过一个月。所以父亲和妻子双方都不是十分了解。）

"不可能，他一个人生活习惯了，他和谁说去？除非自言自语。肯定没事！"我拍拍妻子的肩膀坚定地说道。

妻子笑着说："和你这木讷的人没法沟通，爸来咱们这里肯定不太适应。相隔四五千里，语言不通，无法交流，每天除了楼上楼下，没有任何去处，时间长了就住不住了。到时候你可不要怪我没和你说。"

"是吗？我问过爸，爸说还可以。"我疑惑地反问道。

"你就知道研究学生心理，你应该研究研究老人的心理，爸能和你说不适应吗？应该给爸爸找几个能交流的人，一块唠唠嗑。这样会好些！""看来，你是早就想好了。""咱们家的事情，如果等你去想，黄花菜也凉了。"妻子嗔怪地说道，"这几天，我拟定了一个计划，我们分工负责：第一，你带爸结识几个老乡，晚上回来陪爸唠一会儿你们村里面的事情；第二，我每天利用午饭或者晚饭的时间，以饭菜为借口多和爸爸交流，联络感情。"

"领导真是伟大而英明，奴才照办！"我高兴地说道。

接下来的几天，爸爸说了几句话，说了什么，也就成了我们上班路上讨论的问题。又过了一个阶段，妻子对我说："看来我们的行动是有成效的，但效果还不太明显。我得想办法让爸笑一笑。”

“让爸爸笑一笑，那就看你的本事了，在我的记忆当中，爸爸的笑容是很少见的。”

“那你就等着吧，我得想个办法。”

……

当听到妻子说“爸今天笑了”的时候，我急切地打听：“亲爱的，你用了什么方法？”

妻子指了指桌子上的一本杂志说：“今天下午，我在图书馆看书，发现这本杂志上有一个关于气质与性格测试的题，当时我就灵机一动，准备今天晚上给爸测试一下。吃完饭，我和儿子让爸做这 20 道题。你猜爸爸的气质类型是什么？”

“是什么？”我追问道。

“我感觉是黏液质和抑郁质的结合。”妻子神秘地说道。

“当我把下面分析的文字讲给爸爸听，爸笑着说，这都是骗人的，性格是天生的，他从小就不爱说话。还有，爸还说了一句话，不要在意他，刚来不适应，这两天就好多了，让我们不要因为他耽误了工作。”

听着妻子兴奋的讲解，看着她粉红的双颊，一种幸福的感觉涌上了心头！

【点点思雨】

孝顺是陪护与交流，不是物质。抽点时间陪护父母，让他们享受到亲情的温馨；找点时间与父母交流，让他们感受到儿女的孝心。其实，孝顺父母不仅是为了父母，更是为了自己，为了晚年子女能够像我们孝顺父母一样孝顺我们。这就是榜样的作用，这就是家风。

（牛瑞峰　北师大鄂尔多斯附属中学部）

别慌，我就来陪您

刚进小区的时候，门卫跟我打招呼："下班了？""嗯，下班了。"我礼节性地回答。

"这几天比较忙吧？"门卫问。"咦，您怎么知道的？"我惊讶地反问道。是的，这段时间单位事情非常多，我忙得感觉一身肉都直往下掉。回到家里，就只想趴下。每天匆匆忙忙地从小区门口经过，居然连小区门卫都感觉到了我的忙碌。

然而，门卫却这样回答："我估计您比较忙。今天您老父亲在大门边守了一天才回家去。他说，他几天没有看见你们一家三口出入了。"

我突然惊醒：是啊，都三天了，我三天没有去陪老爸说话了！于是，我赶紧把背包交给妻子，让她回去做饭。然后飞快地往老爸住的地方跑去。

老爸没有和我们住在一起，而是住在这个小区的另外一栋楼。当初买房子的时候，我征求过老人家的意见，他说不想和我们住在一起，年老了，生活习惯和年轻人不同。但是，他又不愿意和我们隔得很远，希望每天能够看到我们。于是，按照"一碗汤"的距离原则——这是网上的一种说法，意思是两代人之间最好是"一碗汤的距离"——也就是当其中的任何一方想送一碗汤给对方喝时，把汤送过去之后不会变冷，这样的距离为最好。按照这个原则，购房时，我选了不在同一栋的两套房子。我喜欢安静，住楼层中间；老爸愁爬楼，住另外一栋朝阳的一楼。

我们不在一个锅里吃饭。平日每天上班，或者工作完毕，我都到老人家里转个圈，问候一下睡得可好，有什么需要我们买的，或者就拉一下家常，说些不咸不淡的话，这样老人家会觉得特踏实。要是我忙，连续几天没有去看他，他也很体贴我，不来敲门，就在小区门口候着，看我们每天出入。什么话也不说，只是看见，就心安了。

可是，这一段时间确实事情太多了，我居然都没有在他们吃晚餐前赶回来过，老两口在小区门口守了几天都没有看到我，于是就在门卫跟前唠叨了。我一边往父母房子里跑，一边在心里说着：别慌，老爸老妈，我就来陪您！

我走进去，老两口正在吃饭。我问：“有什么事情吗？还好吗？”老爸两眼放光，刚想开口说话，却被老妈抢过去了：“你爸没有别的事情，就是想看到你们。我说你们忙，他偏偏不听。还害得你往这儿跑。”老爸像做错了事情一样，嘿嘿地笑着，不说话。

我笑着搬条板凳坐下来，边喝着茶水，边看他们吃饭。半个小时后，妻子告诉我饭菜做好了，我才离开。饭后，妻子和儿子又分别到爸妈这边报到，平凡的一天，才在暮色中安心地过去。

【点点思雨】

有人曾经问过我一个问题：那么多人出名了就往外跑，您怎么不出去呢？我觉得，人生还有更重要的事情要做，那就是作为人子，要给年迈的父母以温暖和安全。当初，他们拉着我们的手伴我成长。现在，我们有成就了，更应该扶着他们的胳膊，让他们安享晚年。这比我们在哪里工作、有什么影响和成绩更有意义。所以，我坚持在这小县城里，做好自己的事，过着和父母在一起的平淡日子。不求多么灿烂，只求日子生香，彼此心安！

（郑学志　湖南省邵东县两市镇一中）

爱的协奏曲

快乐母子

“妈妈，有新西兰，有没有旧东绿？”“黄瓜为什么叫黄瓜，它却不是黄色？红薯不红为什么叫红薯？黄色的小西红柿为什么不叫西黄柿？”…… 翻开儿子的成长记录之学龄前篇，我不禁笑出了声。相信每个母亲如果历数孩子儿时的童真童趣，都会笑起来，可孩子一大，母子间的对立就越来越多。我庆幸儿子已上中学了，还把我视为知己。不知何时起，他开始叫我“妈妈咪”，后来连“妈”也省了，改为“咪”“咪仔”“咪咪仔”。一次外出给我带了个礼物，上面还特意让人写上“送给咪仔”。

“咪呀，我想在网上买几本书，能不能帮我一下？”“咪呀，我的演讲稿写完了，能不能辛苦帮我看一下？”“咪，看我，快看我！”我一扭头，他突然朝我做个鬼脸，跑了。走着路，他会突然窜到我面前，吓我一下。爱恶搞的儿子一般只把他恶搞的功夫用在我身上，有时，我怂恿他，去跟你爸那儿整去，他嘿嘿一笑，把脑袋往我身上一腻。我随势抚摸抚摸他的头，拍拍他的脸，嘴上说着“傻儿子”，可娘儿俩都能体会到其中的爱意。

“儿啊，男孩子得爱运动，那样才阳光健美！”“我爱运动啊，我喜欢做呼吸运动和口腔运动！”“儿啊，咱不臭美，可也得讲卫生啊，每天晚上要刷牙洗脸洗脚！”“我臭美！我以臭为美！”瞧，他又在对付我了！

恩爱夫妻

转眼和爱人已携手 14 个春秋。说到爱人，内心满是感动。学校工作繁重持久，在单位也是重要角色的爱人毫无怨言，只要我一开学，他就几乎承担了全部家务。彼此的尊重关怀和体贴扶持让我们虽无大富大贵，却总能感到幸福的包围。2013 年 6 月

19 日，是我们结婚 14 周年纪念日，可我却在外陪学生学农，一周不能回家。他既忙工作还要带孩子，在这个特殊的日子，我更感到歉疚。晚上十点半查完学生宿舍，我用水与荷的意象作了一首藏头诗发给他，用我独特的爱的表达来讴歌我们的爱情，庆祝我们的纪念日，也对他表示歉意。全诗如下：

清水芙蓉

俊逸素颜容，

华姿映芳亭。

文采怡人性，

星光浮碧空。

真品何需捧，

爱心油然生。

一池清荫水，

生生陪伴卿。

爱人回复：

生活里的失与得，

生命中的重与轻，

奔涌；

泪水滑落，

有痕，

无声，

真爱永远。

温馨婆媳

平日忙工作，亏欠的不只是孩子和爱人，还有双方的父母。自己的父母离得近，再忙每周也能过去看一眼。可公婆家远，除了大节日和难得的大礼拜，一年到头，我能去看的次数有限，经常是老公和孩子回去。每当老公从家带回婆婆亲手蒸的包子、馒头，还有自家种的绿色农产品，我心里又温暖又惭愧，赶紧打电话沟通一下感情。没想到我越说婆婆做的东西好吃，婆婆做的积极性就越高，于是我再嘱咐婆婆注意身体，千万别累着。虽然见面少，但礼数不能少，孝敬公婆的东西不能少。婆媳关系温馨，老公更爱我，我也更感受到家庭的幸福。

【点点思雨】

爱是健康婚姻、幸福家庭的支柱。忙不是我们疏离家人、忘记自己家庭角色的理由，忙更要看到家人的支持和付出。也许客观原因使我们不能给予家人更多时间上的陪伴，但爱的付出有时与时间多少无关，最重要的是让家人感受到你的爱。有时，一句温暖的话，一个爱的举动就足矣。小家庭的人际关系都经营不好，又能期望学生从我们这儿学到什么为人处世的道理呢？如果我们不懂爱不会爱，又怎能对学生进行有效的爱的教育呢？家庭幸福都不善于创造和享受，还奢谈什么享受教育幸福呢？

（张俊华　天津市滨海新区大港第一中学）

第七辑
偶遇波澜 情感弥深

※在共同生活的日子里，我们不仅将爱诠释为如胶似漆的甜蜜或离别时的绵绵哀愁，还诠释为对彼此的理解、信任、支持与尊重……让我们学会沟通，学会相爱，学会经营，学会珍惜。

※夫妻之间的相互了解、恩爱，也许正是在吵架中得以升华的。也许，正是因为有了吵架，夫妻才会甜甜蜜蜜、海枯石烂地携手白头，相爱一生。吵架，其实是夫妻之间交往、相处、沟通的一种方式。

爱情漫步

婚姻进入第七年。虽然没有传言中的“七年之痒”，但是也不复恋爱时的甜蜜。生活中充斥着油盐酱醋茶和剪不断理还乱的家庭琐事。

那一日，因为儿子的教育问题，我们发生了很大的分歧。我负气离家，一个人游荡在街头，有些茫然。我大学毕业后，来到这个离家几百里的异乡谋得教师一职。本来以为不会在此长居，结果认识了先生，扎根于此。一晃13年过去了，日子顺畅的时候，并不想家。但偶有不顺，就很是想念远在故乡的父母。

说是离家出走，却不知道去哪里。此处没有我的父母，也没有同学，几个朋友也各有家庭。我漫无目的地走着，天色已暗，人家的灯火渐次亮起，灯光伴着雾气，微黄古旧，路边树木绵延，依稀有孩子的哭声与狗吠声。我一直朝着小镇外围的那条路走去。

他发来短信：“老婆，我错了，你在哪里？”我不回。他打来电话，我直接关机。心里想着自己的委屈，决定今天好好让他为我着急一下。

走着，走着，才发现，我又走到了这条路，这条我们恋爱时几乎每日必走的小路。

那时，我们在一个办公室，所谓的日久生情大抵如此。追我的时候，他总会在我出现的地方出现，然后沿着这条小镇外围的小路慢慢地走，有时并不说话，我在前面走，他在后面慢慢地跟。就好像约定好了一样，不去咖啡店，也不去茶馆。只爱在这样的路上慢慢地走着。那一年的冬天，在这条小路上留下了我们漫步的足迹。自从他离开教师岗位，成为一名警察后，就常常加班值班。我们已经很久没有再来这条路了，别说漫步，有时候连说话也不能尽兴。

现在想想，真是佩服那时的我们，冒着寒冷，却能每天走近三四个小时的路。记得也是这样的昏黄的灯光，朦胧的月色，也是这样漫无目的地走着，两个并不孤单的影子，不知如何靠近。

逛了三四个月之后，他还不敢牵我的手。那一次，遇到一对情侣，印象深刻。男的个子很高，臂弯里搂着一个矮小的女孩。身高的悬殊，令我们噗嗤笑出声来。于是他对我说："咱也像他们那样吧！"那是他第一次将手搭在我的肩膀上。我知道，爱情已经来临。

婚后，他说漫步的爱情简约而不简单，那时他坚信我是一个不错的女子，适合做妻子。

曾经，我们的爱情在漫步中滋长。想想那时的爱情就像文火煮咖啡，味苦却透着甘甜。原来爱情曾经那么美。我的脑海里不禁浮现出了先生的各种好，烦闷的心情消散大半。

正纠结着是要回家，还是要去哪里时，竟然看见先生站在我面前。他紧张地问我："你去哪里了，我找你半天了，没想到你真在这条路上。"我不语，但是脚步已经迈向家的方向，心里也因他与我的心灵相通而感动。

他还是一如追我时那般，小心紧张地在我后面紧紧跟随……

【点点思雨】

一直以为走进婚姻，爱情就会消失。油盐酱醋茶的气味会取代玫瑰的芬芳；两人独处的时光也被肢解给了事业、孩子与琐事。我常常问先生：你爱我吗？他有时不愿意回答。有时回答了，也是极为残酷的答案：婚姻不仅要有爱，还需要责任与亲情。

其实，爱情不曾离开，那些感动还在，只是她换了妆容，改了模样。她藏在婚姻的细枝末节里，藏在慢悠悠的共处岁月里，藏在爱人紧张你的神色里。爱情不是说一声"我爱你"，而是他的脚步能紧紧地跟随着你。

（刘青丽　浙江省湖州市双林综合高中）

理解，沟通……全是爱

总有些惆怅，像这多事之秋；总想落泪，像这纷飞的秋叶。

自从周二得知我教六年级的消息之后，家里就一片紧张而令人窒息的气氛。没有了往日的嬉笑打骂，没有了下班后的热情拥抱，更没有了枕边的甜言蜜语，取而代之的是老公那一副冰冷的面孔和偶尔的强颜欢笑。

我知道，他嘴上不说，心里却满是对我因教六年级而暂时不能要宝宝的怨气！他不明白，教六年级对我而言意味着什么；他更不理解，我心里满装的矛盾与苦楚。

本想和他平心静气地坐下来沟通，他却听不进去，或者说，他根本就觉得我无可救药。甚至，我猜，他或许会有丝丝悔意——怎么娶了这么“上进”的女人！心里只想着工作！也许，一个简单而知足常乐的，心无大志、在事业上没什么追求的，可以照顾好父母、孩子和丈夫的妻子才是最幸福的选择，而我，离他的“要求”还远远不够。

参加学校岗位竞聘之前，因为冷战而没有和他商量下学期我教六年级的事。待我和领导诉说完想教六年级的想法，领导也定下让我教六年级了，我又怎么能出尔反尔，说变就变呢？那何谈做人的诚信？所以，我只有咬牙接下这份决定。

我知道，结婚五年来，尽管他希望早点儿当爸爸，但还是默默地支持着我的工作，可这次教六年级，他的爸爸梦难圆了。我也知道，随着年龄的增长，双方父母都希望我们能早一点儿要孩子。我又何尝不着急呢？我恨不得明天就怀孕，明年就生孩子，然后安心回到工作中，毫无牵绊地去追求我事业上的梦想。可天不遂人愿，我们愈是焦急，孩子就愈是不肯来。尽管医生也看了，检查也做了，却始终没有任何改变，反而给心里徒增了许多焦虑与紧张，生理周期也变得愈来愈不正常。所以我只是想借教六年级这一年，将要孩子的事先放下，换换心情，转移注意力，或许会有意外的惊喜。公公婆婆理解，老公却不理解。

整整七天，我都努力在做一个贤妻。从早上一睁眼，就跑进厨房给他做好热乎乎的早点；下午三点就去市场买菜，四点不到就站在厨房里精心准备晚餐。想方设法做他最爱吃的面条。每天三个多小时的忙碌却换不来他一个正眼相看与发自内心的谅解，我心里的委屈化作泪水如泉涌……可转念一想，是自己错在先，没有尊重他的意见，执拗地偏要教六年级，我多付出一些又算什么呢？家和万事兴！

晚上，我走到老公身后，为他按摩肩膀。他长叹了一口气，转过头，用温暖厚实的大手将我轻轻揽入怀中，说："之所以不希望你教六年级，是担心你压力太大，心疼你的身体啊。"顷刻，泪如断了线的珠子从我眼角淌落。

【点点思雨】

有人说，相遇不是为了生气。当我们在婚姻的殿堂里许下"执子之手，与子偕老"的爱情宣言时，也曾立下"同舟共济，相濡以沫"的承诺。时光消逝，我们的容颜虽在老去，可诺言不曾改变；静水流深，我们在担当不同社会角色的同时，更需要彼此相依相惜、敞开心扉。在共同生活的日子里，我们不仅将爱诠释为如胶似漆的甜蜜或离别时的绵绵哀愁，还诠释为对彼此的理解、信任、支持与尊重……让我们学会沟通，学会相爱，学会经营，学会珍惜。

（刘　妍　天津市河北区扶轮小学）

“明天就离婚”

我和妻子结婚七年了。婚后我一直遵循着这样两条法则：第一，老婆永远是对的；第二，如果老婆错了，请参照第一条。当我遵守这两条法则时，我们夫妻俩恩恩爱爱，是人人羡慕的一对。当我没有遵守这一法则时，就会出现问题。

夫妻之间的磕磕碰碰是难免的，俗话说“牙齿和舌头也有打架的时候”，我们夫妻俩也有吵架的时候。记得有一次，不知道为什么，我们俩吵了起来。吵着吵着，妻子越想越委屈，数落起我来了：“我嫁给你真是后悔啊！福没得享，尽受委屈。我为这个家尽心尽力，你不说我好就算了，还这样对我？你以前口口声声说爱我，都是骗我的，你根本不爱我……我要跟你离婚！”我嘴笨，毫无招架之力，又不会把她哄好，只好不说话。她还不依不饶，我急了，丢下了一句：“离就离，明天去办离婚手续！”然后就走了，剩下她目瞪口呆地站在那里。

其实我也不是真的想离婚，是被老婆吵烦了，再加上第二天是周六，民政局不上班，想办离婚证也办不了。

妻子还蒙在鼓里，傻乎乎地发过来一条短信：“你真的要和我离婚？怎么这么急，明天就去？”我一看，笑了，妻子也是爱我的，被我吓着了，于是发过去一条短信：“离，就明天！如果明天不去办手续，以后你就要听我的！明天刚好是星期六，我们都有空！”妻子明白过来了，发过来一条：“好，算你狠，明天就明天！如果明天办不了手续，以后你都必须听我的。”我回了一条：“好，就这么说定了。”妻子又回了一条：“你好坏，故意骗我！知道我离不开你，知道我在气头上说的是气话，还故意耍我！你现在在哪里，赶快滚回来！否则后果自负。”“好的，我马上回来。”我知道妻子气消了，回了短信后马上赶回家。

一进家门，妻子就抱着我哭，一边哭还一边打："你就知道气我，难道就不会哄哄我？不哄我就算了，还要故意吓我！这次放过你，下次如果再这样，我们立马离婚。去，洗碗去！"我一听，立马奔向厨房，准备洗碗。妻子进来了："去，现在这么乖了，早干吗去了？你洗得干净吗？算了，我来吧。"

这次风波就算过去了，我们夫妻又和好如初了，准确地说，感情比以前更好了。用老婆的话说，床头吵架床尾和，夫妻哪有不吵架的。一直都不吵架的夫妻不是真夫妻，说不定哪天就真离了。偶尔吵架的夫妻才是真夫妻，是真正可以甜甜蜜蜜、白头到老的老伴。

天哪，我怎么会有这样的老婆啊！真希望下次可不要吵架了！夫妻俩的日子就这样一天天地过下去。

【点点思雨】

牙齿也会有咬到舌头的时候，天下没有不吵架的夫妻。夫妻之间的相互了解、恩爱，也许正是在吵架中得以升华的。也许，正是因为有了吵架，夫妻才会甜甜蜜蜜、海枯石烂地携手白头，相爱一生。吵架，其实是夫妻之间交往、相处、沟通的一种方式。偶尔地吵架，可以给我们平淡的婚姻生活增添情趣，夫妻感情越来越好。

（郑光启　浙江省天台县平桥镇屯桥中学）

家庭要实行对等的承担

13 年前，一袭白纱，我步入婚姻的殿堂。从十指不沾阳春水的娇娇女，到全能家庭主妇，我经历了一场堪称彻骨的蜕变——经历过油花四溅的烫伤；经历过厨房变火海的尴尬；经历过省吃俭用攒钱还房款的狼狈；经历过身怀六甲、举步维艰，却工作家务两不误的辛酸……当我历经波折成长为所向披靡的家庭主妇时，爱人却停滞在十几岁的光景，无忧无虑地享受着家庭的庇护。

爱人出身农村，男尊女卑的观念根深蒂固。每次去超市，我必定是手提肩挑，东西多时胳膊下还得夹上两样，而他每每两手空空，优哉游哉，这样女织男不耕的风气愈演愈烈，渐渐成为我家一道独特的风景线。我有痛经的毛病，有时痛到欲死欲活，便胡乱吃上一粒止痛药，挣扎着为父子俩做好饭，然后一个人可怜巴巴地缩在被窝里痛到欲哭无泪。

当生活忙乱的脚步把逛街、购物、娱乐挤压成一张泛黄的照片时，还原并记录跌宕起伏的教育生活成了我业余生活中唯一的爱好。为了写出高质量的稿件，也为了不影响正常的工作和生活，我把写作的时间基本放在了晚上儿子入睡后。卸去白天的种种角色，纵横在文字的海洋，让心情在文字中舒缓、减压。第二天早上无论多么疲惫，都要准时起床准备一家人的早餐。本次的千字文四本书的征稿凑在一起，让每周满满 16 节课的我手忙脚乱，爱人却站在一边满不在乎地说:“想写就能挤出时间，辅导孩子学习时能抽出时间吧，中午不睡觉能挤出时间吧，干吗非得点灯熬油的。要么就为家庭舍弃破稿子，要么就和你的稿子去过日子，自己想清楚……”

“你家那位让你惯得不像话了。”不止一个朋友带着同情和无奈对我说。生性倔强的我一度咬牙把工作和家庭的重担都往自己肩膀上压，到最后却发现爱人并没有因此而怜惜我的辛苦忙碌，相反却理所当然地认定家庭是女性不可推卸的责任，至于男性，理当享受家庭的庇护，而不必为此付出一丝一毫的心力。

活了半辈子，我终于醒悟：婚姻和事业一样，是需要经营，需要不断调整角色，需要不断打破重建的。辛苦忙碌的劳作并不能奠定幸福婚姻的基础，相反，它只会让付出的一方越来越多地丧失自我，让习惯享受的一方理所当然地伸手索取。和工作一样，拼体力未必就能换回高质量的回报，婚姻生活同样需要智慧——智慧地思考，智慧地调整，智慧地给予。让对方为你分担，让对方为家庭承担，让对方为孩子付出。婚姻中对等的分担、承担、付出才是通向幸福彼岸的坦途。

【点点思雨】

工作中量力而行的迎难而上或许算得上优点，而在婚姻中则不然。柴米油盐的琐碎若是靠一副单薄的肩膀去担当，必然会导致婚姻生活的失衡，而失衡的结果必然是与幸福背道而驰。如果把婚姻生活比作一场接力，再优秀的选手也不可能以一当十跑完全程，实现完胜。要学会适当地示弱、适当地为自己减压、适当地递交手中责任的接力棒。在婚姻生活中胜出的，一定是肯把手中的接力棒递交出去的人，而不是手握接力棒，一人拼尽全力咬牙跑完全程的那个。

（杨亚敏　河北省保定市第四职业中学）

装在罐子里的“情书”

周末在家打扫卫生，看到书桌上那个锈迹斑斑的饼干罐，心里忽然一动：很久没有打开过，不知道里面是不是有了新的“情书”。打开罐子，发现了一封折叠得整整齐齐的信。信里说：“无数次的争吵后，燕儿对我越来越失望，越来越冷漠，每次我使出浑身解数想逗她笑，她都爱答不理。我想她一定对我失望透了，也许，我该放手，让她过更好的生活。可是，昨天晚上，我把手机落在车上，半个小时的时间里，她给我打了 20 多个电话，尽管最后电话打通后，她没好气地责骂我，可是这 20 几个电话却让我的心里很温暖。我决定留下来，好好爱她。”

不记得上次争吵是因为什么，只记得吵过后他摔门而去。不记得上次争吵时我到底说过什么话让他伤透了心，只记得他离开家时的决绝。如果不是饼干罐里的这封信，我真的不知道他竟然动了离开的心思，我更不知道那些电话温暖了他的心，拉回了他原本已经迈出婚姻围城的双腿。感谢这个饼干罐，让我原本日渐麻木的心里重新有了感动和爱。

我清楚地记得第一次往罐子里放进“情书”的情景。那时候，婆婆刚刚去世，爱人心情低落迷上了炒股。他不顾我的极力反对，把我们的积蓄全部投进股市里，除了上班，所有的时间都耗在电脑上查看股票行情。对于我的规劝，他置若罔闻。一次争吵后，怒气冲冲的我躲进书房里，把对他的抱怨统统写到纸上。第二天早晨，怒气未消的我早早离开家去上班。中午回到家里，看到打扫得干干净净的房间，餐桌上热气腾腾的饭菜，还有爱人开门时久违的笑容。他告诉我，他看到了我留在书桌上的信。他说这是我写给他的第一封“情书”，他要好好珍藏。于是，他郑重其事地把我这个怨妇的怨言当成情书，收藏进了婆婆留下来的旧饼干罐里。

还记得他第一次放“情书”的时候。那时候，儿子读初三，青春期的男孩开始有了逆反心理。晚上，儿子写作业时，我批评他书写潦草。一向乖巧的儿子百般辩解，我有些生气，声调抬高了八度。爱人走过来恰好看到儿子对我怒目而视，于是拎起床上的皮带朝着儿子挥过去。我拦了半天也没有拦住。看着儿子身上被打红的皮带印，我心疼得落了泪。为了这个，我一整天没有和他说话。第二天，他瓮声瓮气地让我去看看饼干罐里他写给我的“情书”。情书上写着：“看到儿子惹你生气，我很心疼。我想替你出气，没想到却把你气哭了。亲爱的老婆，我错了，原谅我吧，我希望每天都能看到你笑。”

后来，罐子就成了我们俩放“情书”的秘密基地。情书里没有甜言蜜语，但每次都能给我们带来温暖和感动。

【点点思雨】

在大千世界里，我们每个人只是一粒微尘。在芸芸众生里，我们只是一对平凡的夫妻。没有“遇一人白首，择一城终老”的浪漫相遇，没有“一怀愁绪，几年离索”的千回百转，更没有“冬雷震震，夏雨雪，才敢与君绝”的海誓山盟。当锅碗瓢盆成为生活的主基调，爱人也会在熟悉中变得陌生。但是，无论我们有多忙碌，别忘记向爱人表达爱意；无论我们多固执，犯错时请对爱人说声抱歉；无论生活多艰辛，不要忘记传达爱和温暖。不要因为我们的冷漠把婚姻变成一沟死水。

（卢东燕　山东省淄博市临淄区第八中学）

家庭冷战记

16年前，我和丈夫结婚后当上了房奴，接着又当上了父母。丈夫不抽烟，不打牌，不动粗，会烧一手好菜，会种花养草，会疼爱女儿，是个顾家好男人。那些年，虽然日子过得紧巴，工作繁忙，但是我们享受着小家庭的幸福，偶尔发生不愉快也没有隔夜仇。

可是后来，因为老人的问题，我们发生过一次超级冷战。

以前我公公婆婆住在老家，孩子出生以后婆婆过来带孩子。老公说婆婆带孩子很辛苦，不要让她太劳累。婆媳关系特殊，我不想让男人夹在婆媳之间左右为难。而且“百善孝为先”，所以我提出下班后我依然自己做饭、洗衣，带孩子。孩子满两岁时，我便把她送到幼儿园，让婆婆回老家照顾公公去了。

三年后，我们的房款还清了，这时公公退休了，二老想搬过来和我们住在一起。丈夫和我说：“爹妈只有我一个儿子，我们工作忙，就让他们搬过来帮我们做饭吧。”但是我不赞同，坚持认为那样会引起种种不必要的矛盾。丈夫无奈地感叹：“男人就是难做的人啊！”

一个周末，我和老公又为这件事说崩了，我不想让幼小的孩子感受家庭的纷争，就没有和老公吵闹。冷战开始，晚上我们背靠背地躺在床上。第二天上午，冷战升级，我把孩子带出门，晃到晚上才回家。他喝了闷酒后倒在床上，我和他分床而睡。第三天上班了，我一脸憔悴，上课强打精神，做什么都心神不宁，反应迟钝。回到家里，我们彼此仍不理睬。

冷战夫妻百事哀，心灰意冷的我给姑妈打电话，向她说出心里的烦恼。姑妈劝我多想想老公的好，和他好好沟通。可那时我很倔，只写了一张纸条递给他：我做不好孝顺儿媳，离婚吧，只求你把孩子留给我。没想到，他开口了：“我这几天在想办法解决二老的问题，我可没想到离婚！再说，你到哪里再找我这样好的老公啊！”我听了又气又想笑，这场冷战就这样结束了。

之后，我和老公商定再次贷款给二老买房子，二老也想明白了，主动拿出了多年的积蓄。后来，公公婆婆搬进了我们附近的新居。没想到，不久后公公中风住进重症室，我对老公说治病要紧，别怕花钱，还往医院送饭帮着照顾老人。我的行动让丈夫看在眼里，感动在心里。

知足者常乐。我对自己和家人没有很高的要求，健康平安，努力学习和工作便足矣。我们小家庭的生活有苦有累，但更多的是温馨和充实。现在，老公变得更加“贤惠”了，我夸他是贤夫，他笑答：“不是讨人嫌的丈夫就好啊。”

【点点思雨】

和谐的家庭是创造幸福人生的基础。然而身处围城之中的我们有时被家庭琐事侵扰，心情郁闷，精神萎靡，干什么都像失魂落魄似的，何谈创意？其实，无烦恼就无人生。多一些付出，少一些计较，善待自己，苦恼时找亲朋好友倾诉心事；善待爱人，不满时放大爱人的优点。相信爱情，珍惜婚姻，让家庭生活的小河静静流淌吧！以积极的心态对待婚姻和家庭，就会让自己满足，就会让家人幸福，就会给我们的学生带来更多的快乐。

（宋望兰　湖北省武汉市吴家山第三小学）

一杯温开水浇灭了不快

我是个急性子，老公是个慢性子。我追求完美，老公凡事凑合。从哪个方面看，我俩都不是一个频道的，吵吵闹闹是注定的。

某日，我俩兴高采烈地买了个 iPad，我坚信贴膜是小事一桩，我自己绝对可以贴得完美无瑕。于是老公在一旁看电视，我在一旁贴膜。可是，不知道那天是怎么回事，这膜贴来贴去，不是有灰尘就是有气泡。一张贴坏了，再来一张，越贴越毛躁，最后把两张膜都贴坏了，我心中开始有了怒气。女人嘛，在莫名其妙发脾气的时候很少会冷静，我就这样和老公开战了。

“为什么我在这边辛辛苦苦地贴膜，你在那边舒舒服服地看电视？”“不是你说能搞定，让我看电视的吗？”

“那也不代表你就可以安心看电视。”我多么不可理喻，我知道自己是强词夺理，可心里那怒火实在没处发呀。“你要我陪着就说嘛！现在贴坏了又赖我。”

“就是贴坏了，你说怎么办？没膜了，我怎么就贴坏了呢。”我心里很自责。“坏了就坏了，再买来重贴！”

“不行，我弄坏了两张膜，现在怎么办！”“谁让你一定要精益求精，明天买了再贴，发什么脾气呀！”很明显，老公开始不耐烦了。

“我发什么脾气了呀。”我提高嗓门。“贴坏了再买，不是说了吗！”

我俩就这同一个意思又进行了 N 个来回，老公爆发了：“行了，明天再说，睡觉！”说完就睡觉去了。

其实，当时老公只要温柔地给我个拥抱，这鸡毛蒜皮的事就结束了。可是，他居然扔下尚在怒气中的我，自己睡了。气愤之下，我抱着枕头被子，睡在了沙发上。边睡边期待着老公叫我回房间。时间一分一秒地过去，老公鼾声已起，我注定要在这大冬天睡沙发了，打死也不回房间。

躺在沙发上，心中的怒火已经从贴膜这件事，转移到老公不温柔、不体贴、不浪漫等种种不是上了。老公实在是一个标准的“经济适用男”。结婚前，他没有给我送过鲜花，也没有浪漫的求婚，约会是去超市，看电影是网上下载，而我就这样莫名其妙地嫁了。越想越觉得自己委屈，眼眶湿湿的，迷迷糊糊地睡着了。

早上醒来，我赌气不跟老公说话。洗漱完毕，习惯性地拿起桌上的杯子，忽然间老公所有的不是都没了，就因为那杯水是温热的。

不知道从哪天起，老公注意到了我每天早上有喝一杯开水的习惯。于是，从结婚到现在的一年零两个月又十天的日子里，每天洗漱完毕，总有一杯开水在等着我。不管是夏天还是冬天，那温度永远是不冷不烫，温温热热的。

“愣什么呀，快吃早饭，不吃就冷了。”“哦，吃！”

日子一天一天过去，小打小闹时而出现，但所有的不快，都会在早上端起那杯温热开水的瞬间，慢慢消失。

【点点思雨】

20岁的时候，我喜欢轰轰烈烈的爱情，喜欢用最美妙的语言和最浪漫的方式告诉对方我有多么爱他，喜欢用所有的激情点燃爱情的火把，那温度足以灼伤自己。30岁的时候，我和我的爱人一起走进了婚姻的殿堂，之后的一切，似乎与爱情毫无关系，没有甜言蜜语，没有惊喜浪漫，有的只是早晨那一杯温热的开水和晚上那一顿热乎乎的饭菜。也许这就是婚姻该有的温度，没有那么炙热，但却永远不会让你感到寒冷。

（张立人　江苏省苏州市振吴中学）

针尖下的柔情

我先生爱好广，善于接受新事物，工作能力强。用现任校长的话来说，他几乎是无所不能的。在这方面，他是我的骄傲。心情好的时候，他还会为我吹几曲优雅动听的葫芦丝，引得邻居无比艳羡。

你是不是也在羡慕我们呢？其实，曾经的先生用“劣迹斑斑”来形容也不为过。可能是因为家庭环境的原因，也因为工作后的挫折太多，他脾气暴躁，吸烟，喝酒，还爱吼人。在家里，他既是皇帝，是大丈夫，又是孩子，而我则要尽好臣子、妻子和保姆的三重责任，稍有疏忽，轻则脸色阴沉，重则一顿训斥。我还要时常担心他酒喝多了伤身体，担心他的安全，担心他酒后回家吓着孩子，跟他在一起，总有一种伴君如伴虎的紧张与压抑。但我深爱先生，深知他内心的苦楚，一直包容他，用爱去温暖他，感化他。

每个人都有阳刚与阴柔的两面，先生也是如此。

前些年我身体好的时候，每逢初春季节，喜欢邀朋友去爬山，一起吹吹山风，听听松涛，感受大自然的美好，偶尔还会循着花香找到一两株兰花。但我总是不小心被荆棘刺伤手，每次都是先生帮我挑刺。他总是小心翼翼地，轻轻几下，就把里面的刺给弄出来了。

一个暖暖的春日，我在走廊里栽兰花，不小心手指又被煤渣刺伤了。我当时没在意，第二天早上做家务活时，碰到手指就像针扎般的疼。仔细看，有个小黑点。我用手从两边使劲往里挤，结果刺儿没被挤出来，反而把伤口挤肿了，只好捏着手指叫醒正在沙发上午睡的先生，向他求救。虽然打扰了他的好梦，但看到我可怜巴巴地站在他跟前等他帮忙，他心软了，心疼地责备道：

“你这个人也真是，也不注意点。”说完他起身从墙上的画里取下缝衣针，左手捏紧我受伤的手指，右手很自然地拿着针，小心翼翼地顺着小黑点两边挑了两下，就露出了刺端儿。先生怕我疼，凝神屏气，娴熟地用针尖从下往上轻轻地拨弄几下，一粒又尖又细的渣子就出来了。我如释重负，他则像完成了神圣任务似的把针交给我，然后继续他的美梦。我轻声道一声谢谢，快乐地继续我的“锅碗瓢盆交响曲”。

尽管先生平时脾气不好，但每次帮我挑刺时都很细心。虽然免不了批评几句：“回回都是这样，不是伤了这里就是刺了那里。不在家好好休息，爬山爬岭地去找累，还把手弄成这样。”但我深知这话语中包含着爱，所以默默享受这大男人针尖下的柔情。

这就是我那平时经常说话伤人也从不会道歉的看似冷漠的先生，谁能想到，他粗中有细，刚中有柔?

突然想起了一句诗：“我心有猛虎在细嗅蔷薇。”此刻的先生，不正是那只正在“细嗅蔷薇”的“猛虎”吗?

【点点思雨】

世上没有十全十美的人。遇到脾气刚的男人，女人要有如水的心，包容他的不足，尊重他的刚性，发现他的柔情，欣赏他的优秀，这样才能感受生活的美好。多数婚姻或多或少都会存在缺憾，我们要学会接纳残缺，微笑面对生活。心烦时，多想想对方的好，多些理解，多些忍让，多些包容，把心放低一些，放平一些，放宽一些，自会看见人性中最柔美的一角。你会发现，幸福就在我们身边，从没走远。懂得惜缘，方能感受幸福。

（龙福莲　贵州省黔东南苗族侗族自治州丹寨县南皋小学）

爱情更需要距离的美感

刚结婚那会儿，他奶奶亲热地拉着我的手说："孩儿啊，锅碰盆碗碰勺，过日子要凑合，夫妻俩就像那狗皮帽子——没反正。"这其中的比喻句，听得我一愣一愣的。当时我可没想奶奶为什么这样说，只是觉得比喻好玩儿就捂着嘴偷乐。

婚后的生活就像泡茶，日子如一遍遍冲水，把爱情最初的颜色浸泡得面目全非，柴米油盐的琐碎让曾经的激情消失殆尽。渐渐地，我没有发现自己越来越不淑女，却觉得他的绅士风度荡然无存。

一切都可以成为战争的导火索：我比较宅，他爱外出；我是个夜猫子，他喜欢早睡早起；我放东西随心所欲，他洗衣服蜻蜓点水；我对孩子宽容放任，他对厨房不理不问……就这样，大到购物规划，小到鸡毛蒜皮，我们都要吵吵闹闹争执一番，彼此都想改变对方，让对方顺应自己。

几年的日子，我终于知道了"王子与公主幸福地生活在一起"，只是一个童话，也明白了奶奶的高瞻远瞩，未雨绸缪。那段时间，我们是在磕磕绊绊、矛盾重重中走过的，有时甚至连吵架的心情都没有。一次朋友聚会，我忍不住大倒苦水，试图寻求一些良方，一丝安慰。朋友说："你对学生那么有耐心，为什么对他没有？你对外人那么宽容，为什么和他计较？你对事情那么理智，为什么对他任性？其实你们最合适，互补嘛！"

我第一次回过头来，静静地审视婚姻、审视家庭、审视他和我自己，我不停地在心里追问：对待一个陌生人，我会在乎他的睡姿吃相吗？对待周围的同事，我会直言他的缺点错误吗？对待自己的亲人，我会要求他们言听计从吗？即使对待我们的女儿，我也不曾要求立竿见影。为什么独独对他，我会那么挑剔、那么苛刻、又那么倔强呢？

终于明白：光彩华丽只是肥皂的泡沫，平平淡淡才是婚姻的真谛。在爱情的世界里，我们拼命想主宰对方，结果却都不能自由呼吸。明白这一点，我便不再用那么高的标准去要求他，同时也解放了自己。他不对我说甜言蜜语，在外也不会巧舌如簧——放心；他不陪我买衣服，对我购物也从不干涉——舒心；他不喜欢研究饮食，便不会挑剔我的厨艺——顺心；他一面嚷嚷让我减肥，吃饭时又拼命给我盛菜——开心。我的微笑，换来了他眉头的舒展；我的轻松，换来了他心头的释然。我们不再像挤在一起的刺猬彼此伤害，而是保持一定的距离互相取暖。在家庭的城堡里，我若欢颜，皆大欢喜。

“给你一张过去的 CD/ 听听那时我们的爱情 / 有时会突然忘了 / 我还在爱着你。再唱不出那样的歌曲 / 听到都会红着脸躲避 / 虽然会经常忘了 / 我依然爱着你……”

因为爱情，我们曾经那么辛苦地试图改变对方，以至于忘了彼此最初的模样；因为爱情，我们曾经那么执著地固守自己，以至于忘了婚姻会随着岁月生长。爱情的距离，其实正如一碗汤，温暖彼此却不被烫伤。

【点点思雨】

伏尔泰说：“爱情是宽容而不是占有，是温情而不是激情。”婚姻如茶，丝丝入味，需要耐心经营；爱情如酒，历久弥香，需要用心去品。没有永远的神话，也没有不变的传奇，爱情就是平凡日子中的点点滴滴。爱情需要信任，更需要距离的美感，需要相对的独立，只有经历过岁月的洗礼，蓦然回首才会发现灯火阑珊处的美丽。我能想到的最浪漫的事，就是和你一起慢慢变老，不求爱如夏花般绚烂，只求如左手右手般默契，相濡以沫、相偎相依。

（高亚欣　河南省濮阳市南乐县第四实验小学）

有误会，爱也会渐入佳境

喜欢有浓阴遮天的道路，所以喜欢办公楼通往食堂的那条路。这路上有很多树，它们以不同的姿态矗立着。特别是春天，高大的香樟树在路的两旁深情凝视，树干虽然无法相触，但在阳光的点缀之下，充满柔情蜜意的绿叶却交错纠缠在云间，那种心有灵犀的缠绵让人着迷。

我们家晚餐时的气氛本来一直是融洽的，他会与我交流着单位的八卦，儿子会边吃边哼各种曲调的歌。一张小小的餐桌，曾经是一家人诉说心事的地方。社会人事、单位风云、教育感慨都会在晚上同一时间播出，像苏州台的《阿万茶楼》一样准点。有时，我们会一起辩论，有时也会一起叹息世风日下，儿子也会抱怨两声学习的辛苦。

然而，当他开始迷恋手机，义无反顾地加入手机“控”的行列之后。餐桌旁、马桶上、沙发边就有了他埋头苦恋手机的身影。儿子开始以最快的速度吃饭，吃完就进入自己的书房，再也没有辩论的兴致；我默默地收拾碗筷，边洗边对着窗户外的万家灯火发呆。再没有人跟我晚饭后散步消食，没有人关注我工作中的不如意。

谁也不知道其间到底发生了什么样的改变。

以前我爱看书，但我会常常放下书本跟他聊天；如今他迷上了手机，我却迷失了自己的道路。

唐琬是幸福的，因为陆游把她刻在心里，悲怆地写下《钗头凤》；王弗是幸福的，因为即使死后十年，人鬼殊途，苏轼梦中依然有她“小轩窗，正梳妆”的身影。我想潘多拉盒子里最后剩下的不只是希望，肯定还有一件，那就是遗憾，爱的遗憾。

男人们喜欢看《大宅门》，女人们则怜惜徽娘宛心，两个世界，不同却同样精彩。我能勉强什么，我又能强求什么。我开始回到书的世界，在其中找寻我的精彩，而他依然在网络里游历。我担心我们之间再也没有交集。但我知道，他需要独立的空间。我选择了沉默，因为争吵过后的伤疤永远不会消退。

终于有一天，他似乎发现了什么。儿子生日的那个晚上，他放下手机，对儿子说："嗨，儿子，说说你最近怎么样了？"儿子的话匣子一下子被打开了。我端着饭碗，看着头上有星星点点白发的他，心头百感交集。儿子破例地多吃了半碗饭。事后，儿子贴着我的耳朵说："老妈，老爸又回来了。"那份欢喜溢于言表。他一直是我们家的主心骨，我和儿子都认同这一点。

之后，每逢假日的傍晚，只要不下雨，他就会放下手机，拖着我出去散步。路上，牵手的情侣，情意正浓；挽着手的白发老人，爱已永恒。他们都有彼此的世界，也懂得融入对方的世界。

我相信，世上，人们依然都在爱着。爱有误会，有疏忽，但终会渐入佳境。一如那些在风中用叶对话的大树，它们在风雨中相携相守，那是一种爱的意境。

【点点思雨】

结婚16年了，磕磕绊绊。那些哭过，笑过，伤过的日子历历在目。人到中年，回忆中有了眷恋。当银丝开始漫上耳际，心肠日益柔软。黄昏时分，最爱与他携手，缓步闲谈。人生苦短，譬如朝露，一切计较早已在岁月里涤荡干净。爱情已像一首淡淡的歌，一幅悠远的水墨画，雅致而有韵味。

（何　燕　江苏省苏州市景范中学）

要做最优秀的“灭火员”

今天的“战争”源于孩子头上的伤。

下班一进门，我就看见了孩子额头上那条足有一厘米长的血口子。

我问怎么回事，老婆说是孩子不小心磕着了。“这么大个人怎么连个孩子都看不好？”我暴怒。

“吼什么？你要有时间你自己看呀？你每天几点才回家？都快卖给学校了。”老婆越说越气，她似乎有着说不尽的委屈。

“当班主任有几个不忙的？”

吵架一开始就像着了火，我们很快就开始吹胡子瞪眼了。“你管别人的孩子自己的孩子咋不管啊？你忙成这样，才挣几个钱啊？”

“嫌我挣钱少你找个土豪去呀？”我吼道。

她示威似的，朝我背上狠狠砸了两拳，又掐了两下。“说什么呢，你个没良心的。”我手臂朝后一挥，她一个趔趄险些摔倒，随后她像一头小兽一样地猛扑过来。我见势不妙，赶紧开溜，抱着孩子躲进了卧室。

正当我一筹莫展之时，外边突然安静了下来，然后是她接电话的声音，“行，护士长，我家离得近，我去吧！抢救病人要紧，孩子跟他爸在家没事的。”

只听“砰”的一声摔门声，妻子走了。

“妈妈还没有吃饭呢。”儿子瞪着我喊。

我突然无比后悔、无比自责、无比心疼，像有一把小刀，在我心上划来划去。

我从卧室出来，乖乖地进了厨房，使出浑身解数，很用心地做了几样菜，一样一样端上桌，摆好，盖上。“不许动啊，等你妈妈回来才能吃。”我对儿子说。

十点半，老婆终于回来了。

我跳起来去开门、拿拖鞋，把妻子拉到餐桌前，讨好似的说道：“媳妇，你看我给你做了什么？一往情深（青笋炒海参），白头到老（豆腐炒豆芽），还有这个，知错就改（鸡蛋炒韭菜，我把阳台刚开的栀子花摘了一朵，放在了盘子边上）。”

不知是委屈还是感动，吃饭的时候，老婆一直在默默地流泪，我递给她纸巾，她很响地擤着鼻子，看得我很是心疼。

我鼓起勇气上前抱住了她，她没反抗，但两个手在我背后面捶着。

我亲了她一下，她还在流泪，好像比刚才流的更多了。

“亲两下。”儿子说。

我亲了妻子两下，并抱紧了她，用手在她背上轻轻抚摸着，低声对她说：“老婆，我错了，我投降，我爱你。”

她的手终于安静了下来，慢慢地揽住了我，紧紧的，像美丽的藤萝缠着一棵树。

“耶！”儿子好像指挥了一场胜仗，冲我偷偷地做了一个胜利的手势。

我长长地舒了一口气。

【点点思雨】

家庭的“战争”中从来就没有胜利者，有的只是两败俱伤。就像你的左手掐右手，右手掐左手，疼的都是自己。

在婚姻中，应该多一些理解和包容，少一些抱怨和指责。特别是男人，更是要大度，要会哄妻子。不管战火是谁点起的，你都要成为最优秀的灭火员。工作很重要，它给你工资和尊重，但是家人更重要，他们给你爱与依靠。

（李富华　河南省安阳市第七中学）

“变”出幸福婚姻

我和老婆是大学同学，四年的相处，彼此也算是知根知底，同学变夫妻，让很多人羡慕不已。但我们之间并非没有矛盾，与恋爱不同，婚姻中多了很多生活琐事。

老婆是才女，成绩非常优秀，当年全班40多位同学，只有两位有留杭资格，她就是其中一位。参加工作之后，她行事低调，不事张扬，但横溢的才华，还是得到同事们的“青睐”，时常接到一些“业务”：替老师们修改论文，帮助校长润色文章。老婆来者不拒，从字词标点，到框架结构，都认真地修改。

都说近水楼台先得月，其实也未必。每次我文章写好了，希望她能帮我把把关，润润色，可她不是断然拒绝，就是推脱没有时间。就算是接受了，脸上也会写满了情绪，露出不是很乐意的表情。一次接一次地受挫使我心有不悦，感觉老婆对自己不够好，反而对别人更好。日积月累，我实在是忍无可忍，不吐不快。

“别人叫你干活，你从来都没有二话，你老公我叫你帮个忙，你却推三阻四。我真怀疑我还是不是你老公！”可能是我的情绪点燃了她的情绪，内敛的妻子也一反常态，开始宣泄她的不满。

“你可记得，当年我们大学毕业，我分配在杭州，你回到乡下老家，同事、同学都不看好我们这段感情。我呢，在你人生的最低谷时，毅然决定和你结婚，把我一生的幸福寄托在你身上，你还说我对你不好？你自己想想，其实我只是不想做我不喜欢做的事情而已！”

原来，老婆帮别人改文章，有的是领导，有的是朋友，有的是同事，碍于面子，不便推辞，实属无奈，并非她乐意这么做。

但在老公面前应当是最随意的，可以做，也可以不做，可以接受，也可以拒绝。老婆的话如当头棒喝，让我突然意识到，多年来，她默默忍受着我的“骚扰”，而我却一直自以为是地认为自己才是有理的一方。

我是她老公，是她最亲的人，是她最大的依靠，而我却全然不懂她的心思。对于自己的无知与自私，我深感愧疚。我能补救的是帮她减负，而不是增压；不是对她百般挑剔，而是多做力所能及的工作，让她享受家的安稳。

老婆说，买菜。我说，遵命！

老婆说，遛狗。我说，行！

老婆说，洗碗。我欣然前往。

从此，矛盾不见了，冲突减少了。不经意间，妻子越来越朝着我一直以来所期待的方向改变，我的文章在她的润色下熠熠生辉。我意识到，多年的不满与抱怨没有让妻子改变，而当我做出了调整，妻子也开始悄悄改变。

我才是一切问题的根源，我变，世界随之而变。

【点点思雨】

生命短暂，茫茫人海中，你我相遇就是缘分，能携手到老，更是上天的恩赐，要百倍珍惜。家庭是讲情的地方，不是讲理的地方。夫妻间分不清谁对谁错，谁好谁坏。我们要做的，是多一分理解，多一分包容，立足当下，做出改变，付出多一点，要求少一点，对她（他）更好一点，让她（他）更幸福一点，更自在一点，让她（他）享受生活的安稳。

（杨春林　浙江省杭州市长河高级中学）

让承诺为婚姻保鲜

2006 年春天，我到县中医院检查身体，医生严肃地告诉我肝部有几个东西，圆圆的，具体情况目前还不能确诊。听了医生的话，我的心里咯噔一下：我还年轻啊，命运怎么这样不公！我回到家跟妻子一说，她的脸当时就变了色，阴沉着一言不发。我们都认为是不治之症。熬过了那个难眠的夜晚，第二天我们就一起到市医院去复查。在车上，妻子一直紧紧地握着我的手，仿佛我马上就会从她身边飞走，还不时轻轻叹息一声。检查结果出来，医生说那只是几个囊肿，我们都舒了一口气。回来的路上，我问她，去时你握着我的手叹气，肯定很难过，现在感觉好点了吗？她说，她想的很多，尤其是为没有兑现自己的承诺而后悔。

什么？我愣了，你后悔什么？你有过什么承诺？她慢慢地说，她在婚前曾默默地承诺，一定要呵护好爱情，无论如何不让我受伤。可是，随着岁月的流逝，这个承诺慢慢淡出了记忆。家庭的烦琐事多了，两个人的观点不同了，都会成为争吵的导火索，我们经常会为了一丁点儿小事就争吵起来。这件事让她思考了很多，在去潍坊的路上她就在想，人生在世才多少年啊，眨眼之间就会过去的。这不，回想起两人初次相见的情景好像就在昨天，可是 10 多年已经过去了，两个人在一起好还好不过来呢，为什么要去吵呢？当时为什么就不能忍一忍来宽容对方呢？她说她在去医院时又一次许下诺言，从此以后，无论什么时候，无论发生什么事情，她绝不再跟我计较。

听了妻子的一番话，我心头一阵滚烫，也一阵愧疚，因为事情的起因多是由于我不好。还有一个原因，想当初，我也曾在心中立下承诺：我要用心去经营那个小窝，让它充满温馨；我要让阳光撒满屋子的每一个角落，让它成为幸福的港湾；我要让笑声永远回响，让它成为家庭中最动听的音符……可是，在婚姻的磨合中，承诺被现实粉碎。为了不服输，我们不惜和对方争个面红耳赤；为了显示不是自己的错，不惜把对方批个体无完肤。可是，结果如何呢？谁都没有胜利，因为两个人都受到了伤害。

接下来的日子，妻子果然履行了自己的诺言，无论我多么不好，无论我怎么发脾气，妻子总是送上一张笑脸，让我心中的怨气在笑容中消散了。

事后我就想，每当她想跟我吵嘴时，肯定是想起了当初的那个诺言，所以才忍了，我们之间的争吵也就因此而消失了，家里充溢了和谐的气氛。

妻子的反思与行为，让我更加惭愧。于是，我也重温并践行起曾经的承诺，春天般的温馨就时刻充盈着我们的小屋。

【点点思雨】

过幸福美满的生活是每个人的心愿，为了实现这个心愿，我们都曾立下过壮志豪言。可是，婚姻就像两只刺猬过冬——靠得太近了，坚硬而锋利的刺会伤害对方；离得远了，又不能互相取暖，无法御寒。此时，最好的办法就是忍痛拔掉或软化自己的刺，然后把温暖送给对方。在婚姻生活中，个人的自私、固执、虚伪，都是指向对方的锋利的刺，都会伤害对方的身体和心灵。而践行承诺，就是拔掉刺的钳子，软化刺的良药，让我们幸福到永远。

（宁　杰　山东省寿光世纪学校）

第八辑
闯过关隘　玫瑰花开

※当我们携手共渡难关，才懂得执子之手的每一刻都是一首动人的情诗。紧紧握住彼此的手，走完今世、来生。

※上帝不会因为你是班主任，就慷慨地送给你顺风顺水的人生，可是，他实在慷慨啊，他赠与我们苦难和挫折，也赠与我们沉甸甸的责任与顽强的意志。

错过季节的玫瑰不再开

“嘀嘀……”QQ 提示语音再次响了起来，是他回的短消息：“我懂的，谢谢你！谢谢你曾给了我那样美好的感觉。也许正如你所说，目前我们的选择就是最好的，起码我们还是好朋友，也相信我们会是永远的好朋友，有你真好！”

读着这条信息，我微笑着舒了口气，“是啊，有你真好！”

他是我的中学同学，在班里，我俩的学习成绩都是拔尖的，彼此的兴趣也很相似。我们课余在一起打打闹闹，学习上相互研讨，感觉就像是“哥们儿”。可能我那时的性格比较像个假小子吧，都说“哪个少年不钟情，哪个少女不怀春”，我却傻兮兮的，在这方面开窍得比别人迟，虽然跟男生女生都玩得不亦乐乎，但却不太懂男女之间的事。当然了，对于他，我还是有一定好感的，毕竟他对我真的不错呢！他喜欢对我笑，笑起来还挺可爱；他数学比我好，下课没事时就会教教我，对于我的求教总是有求必应；每年放寒暑假，他都会到我家来玩。可是，他对别的女生也一样很好，何况他从未对我说过什么，肯定是我自作多情了。我摇摇头，告诫自己：不要胡思乱想了，学习要紧。

少女的情窦初开就这样无疾而终，我的心思从未向他人提起。没有轰轰烈烈的爱也就没有切肤的痛，那些往事如一缕青烟，连同他一起被尘封在记忆的某个角落。只是偶尔泛起时，会有点青涩的感觉。

一晃就是 20 年，一次偶然的机会，班里一位同学联系上了我。原来班上很多同学都聚在一起了，还建立了 QQ 群，只是他们不知道我的去向，一直在努力寻找。这次能联系上，我们都非常欣喜。进了群才知道他也在，我刚一进去，就受到他和同学们的热烈欢迎。第一次“见面”，同学们就开我和他的玩笑，说我是他中学时暗恋的对象，说得真真假假，我也就装糊涂跟他们嘻嘻哈哈。毕竟同学这么多年没见，大家现在都是成年人，这种玩笑开开也无伤大雅，自不必信以为真。

可是有一天，他找我私聊了。原来同学们的玩笑并非空穴来风。真是造化弄人，那时的我们竟然彼此都暗恋着对方！最初听到这个消息时，我的心扑扑乱跳，有点小小的兴奋，仿佛时光倒转，我又回到了中学时代。短暂的欣喜过后，我冷静下来。毕竟已经时过境迁，我们都回不去了，何必给他人留下幻想，误人误己呢。

于是，我敲下了这样一段文字："谢谢你告诉我这些，谢谢我的中学生活有你相伴。但一切都已成为过往，错过季节的玫瑰不再开。我的先生对我很好，我不能对不起他，哪怕是精神上的背叛。错过的就让它永远美丽地错过，我会永远记得你对我的好。我现在只希望我们彼此都好好的，好好珍惜眼前的一切，包括家庭，你懂我的意思吗？"

【点点思雨】

人生的成长是一个漫长的过程，情感也是。在这纷繁复杂、喧嚣浮躁的时代，艳遇、外遇似乎稀松平常，很多人不以为耻反以为荣。在感情的路上，我们所遇到的诱惑实在太多。遭遇初恋、偶遇昔日男（女）友、办公室恋情、某次酒桌上的惊鸿一瞥，这些都可以成为出轨的导火索。重要的是我们心中要有杆秤，结婚了就该守得住那颗狂野躁动的心，安安心心致力于家庭的打造，给孩子给爱人一个温暖的港湾。对他人负责，也是对自己负责。

（纪继兰　安徽省怀宁县独秀小学）

清明时节，再忆你

“清明时节雨纷纷，路上行人欲断魂。”天阴沉沉的，雨软绵绵的，我拖着无力的双腿，漫无目的地行走。

雨滴是我的泪水，还是你的汗水？雨幕中，我穿越时空隧道，来到那个春暖花开的季节。在那个美丽的季节，我们终于守得云开见月明，因为我们的爱情获得了双方父母的首肯。喜滋滋的你把我带到山坡上，采下一朵鲜艳欲滴的玫瑰，含情脉脉地望着我，一往情深地说：“天不老，情难绝。心似双丝网，中有千千结。”你醉人的话语，蕴含爱意的目光，让我幸福得眩晕。整个人宛如折翼的蝴蝶，陡然向你倾倒。我相信那一刻是我一生中最美的时刻，我不知道，自己何德何能可以得到你如此的爱慕。内心的狂喜涤荡着我的胸膛，我放下少女的矜持，柔柔地对你耳语：“愿守你一人，白首不相离。”

在那些阳光灿烂的日子里，我快乐着你的快乐，幸福着你的幸福。你说站在我身边，有种说不出的愉悦；想着我对你说的话，有种不可阻挡的温柔溶入你的胸膛。我又何尝不是这样？

离别很快来临，开学那天，我坐在车上，你在车站忙个不停。一会儿端来香喷喷的米粉，一会儿递来热气腾腾的包子。汽车开始发动，你贴在车窗上对我说：“秀，好好爱惜自己，我是你坚强的后盾。”汽车起步，你跟着汽车奔跑。我看见你气喘吁吁，挥汗如雨，却仍然没有停止追赶的脚步。你的身影越来越小，最后变成一个小黑点。泪水模糊了我的双眼，我坚信你就是我一生的依靠。

毕业后，为了爱情，我远离生我养我的故土，孤身一人来到与你相邻的江油。当我满心欢喜地等待爱情开花时，你却毅然决然地抛下我，头也不回地走了，留下茫然不知所措的我。我不知道自己前世究竟造了什么孽，让我和你之间横着一条永远趟不过的大河，我只能在河的这边苦苦凝望着你，凝望着你那绝情的背影。我不知道自己到底做错了什么，让你如此对待我。

后来，你把阿木的歌《有一种爱叫做放手》送给我。你说单位改制，不知自己何去何从，怕不能承担对我的深情，更怕不能给我幸福，所以你选择了离开。虽然我感动于你的无私，可是我并不领情。你可知道，你的离开才是我人生最大的灾难。只是时过境迁，我们都有了属于自己的生活，我只好把对你的祝福放在心里。

2008年，你的事业达到顶峰，成功地荣升为一家大公司的董事长，我为你的成功而高兴。可就在这一年，你与成千上万的地震遇难者一样，被无情地埋入黄土。从此天人相隔，了无期限。五年生死两茫茫，不思量，自难忘。千里孤坟，无处话凄凉。

雨还在无情地下着，清明时节，你魂归何方？

【点点思雨】

初恋是人生最美的时刻，古往今来有多少文人墨客歌颂它，多少凡夫俗子赞美它。年轻人说，初恋犹如铁树开花，让人期待；中年人说，初恋犹如昙花一现，勾人魂魄；老年人说，初恋犹如陈年老酒，回味无穷。当初恋已成往事，我们只能把那些刻骨铭心的回忆放在心里，收藏，怀念。

（何秀芬　四川省江油市西屏乡初级中学）

你若安好，便是晴天

下班时分，突然变天了。原本是晴天大太阳，突然一下子变得阴沉，大风随之而起……

风起的日子，想起了你。上学的时候，学校里流行写信，大家都在“鸿雁传书”。我和你也在写，不过没用信纸，而是用一个小小的很精致的本子。你在最后一页给我画了一个聪明的一休，还很可爱地说：“小叶子，我被大风吹走了，今天来不了了！”我乐死了。只是，那个小本子早已随风而逝。

真巧，好友打来电话，说你过来了，想和大家聚聚。

伫立在深秋的星光下等候，望着眼前枯叶翩飞，我的思绪也辗转飘零。一别经年，那个腼腆的大眼睛男孩，现在还安好吗？

故事的开始很俗套。你舍近求远，绕到我身边，涨红着脸，结结巴巴地向我请教一道题。题目并不难，而且成绩好的同学也不止我一人呀，可当年的自己愚钝得可爱，并没有发现你的真实意图，只是热心地给你细细讲解。后来，你不懂的题目越来越多，语气越来越温和，目光越来越灼热，我终于捕捉到一丝别样的意味。两颗年轻的心就这样在问题、做题、讲题中渐渐擦出了火花。周末，我们和其他同学一起自发到学校里复习功课，解决难题时齐心协力，攻克堡垒后相视一笑，温馨的相守让学习变得异常轻松。

汽车缓缓驶近，耳边传来一声久违的呼喊：“安明星！”“哎——”我下意识地应答。茫茫人海，作别二十载有余，再相逢时亲切默契依旧。

找家茶吧坐下，你叙述着曾经的点点滴滴。聆听着你那慵懒温润的声音，望着你那熟悉到骨子里的笑容，感怀着我们往日的青涩与柔情。那一刻，恍如隔世。我仿佛还是那个小小的姑娘，怀抱着小小的幻梦，偷偷地享受着小小的开心和淡淡的哀愁。我用平静而又怡然的笑容，掩饰着内心的波澜壮阔。历尽沧海，城门紧闭，为何你还来把流年轻叩？

如花美眷，似水流年。风中夹杂的甜蜜向四周蔓延。没有牵手，没有情话，只一个微笑，一个眼神就足矣。因为想要一款和我相配的咖啡色长裤，你挑灯夜战，考进了全班前十名，妈妈才满足了你的心愿。每天放学后，跑得上气不接下气，连跌跤也不知道疼，只想赶在你踏上回家路之前，站在池塘边将你目送。哪怕多看一眼那小小的模糊的身影，便心如小鹿乱撞……这些，你可还记得？

临近毕业，骄傲矜持的我对你的话断章取义，悲痛欲绝。凄风中，我们之间所有的印记都化作漫天飞舞的纸片，四处飘零，无处着陆。

眨眼间，已经过去了这么久了。风还是一样的风，却吹走了我们的曾经，吹散到天涯，再也回不去……

此去经年，别来无恙。曾经的相遇只是恩泽一场。

你若安好，便是晴天。

【点点思雨】

岁月如流，我却是一只蛰伏的河蚌。往事如沙，却总有一些记忆无法随着岁月漂流逝去，而是沉积下来，裹覆在我的心里。有惊悸的欣喜，有甜美的眷念，有黯然的神伤，有痛苦的磨砺。即使我已日渐羸弱，我的贝壳已日渐暗哑，它却日益丰盈，日益亮泽。因为，我裹覆着它，咀嚼着它。因为，它是我心里最深处的珍珠。

我把初恋的所有美好折叠成一朵美丽的花儿，掩埋在心灵深处，任由时光静静地翻阅。只要珍藏了相遇的美好，便拥有了人生最纯净的幸福。

你若安好，便是晴天。

（安明星　安徽省无为县北城小学）

你是我命中注定的幸福

2004 年的冬天很冷，我与相恋四年的男友分手了。原因很简单，在这次教师录用考试中，他被录取了，我没有。他说："对不起，不是不爱，只是人都要面对现实。"此时，再深情的挽留都显得苍白无力。分手一个月后，他订婚了。

我在痛苦绝望中熬过了最寒冷的一个冬天，几经波折，两年后，我终于通过自己的努力如愿成为一名人民教师。后来，我才知道，这就是所谓的"命中注定"。原来，这一切都是上天的刻意安排，为的是等待生命中那个最重要的人出现。那些无从躲避的痛苦，是等待的必经过程。

2006 年 10 月，通过相亲，我认识了他。几近相似的生活和情感经历，太多共同的东西让我们走到了一起。他平凡朴实，却真诚善良。他乐观的生活态度时时感染着我，也让我慢慢地变得开朗、乐观。在他的眼中，我善良、通情达理、有上进心。被他细心地呵护着，疼爱着，赞美着，我越来越自信。渐渐地，我发现我爱上了他，爱上了他的成熟、睿智、真诚和善良。相识 23 天，见过 4 次面之后，我们订婚了。

这样相亲形式的"闪婚"，让我的很多朋友都大跌眼镜，也让父母亲不解。他出生在普通的农村家庭，工作单位也不是很好。当时为我介绍对象的人很多，他们都有很好的工作，家居县城，但我还是毅然决然地选择了他。虽然交往时间不长，但我能感受到他身上有很多美好的东西，那份朴实让我觉得踏实。

婚后的生活很艰难，我们仔细计划着生活中的每项细小开支，老公是个对我和孩子大方，但对自己小气的人。生活中的他很节俭，但是只要是我和孩子所需要的，他从不吝啬。在我眼中，他不懂浪漫。情人节，即使我再怎样的强烈要求，他也不会送我玫瑰，说不实惠，却带回了我一直暗暗喜欢却舍不得买的漂亮衣服，让我惊喜不已。

在他的赞美声中，我越来越自信，这是他最骄傲的事情。2009年，我们有了130平方米的大房子，他说为的是以后接父母过来住方便，他的孝心让我引以为傲。

看着现在温馨舒适的家，从最初只有一台电视、一台冰箱，到现在所有家具和电器一应俱全，这些都是我们共同努力的结果，更是老公精打细算、勤俭节约的结果。

结婚七年了，幸福的感觉依旧。即使不开心了，他也会在第一时间将我哄好。我比他小四岁，在他的眼中，我像个妹妹一样。无论何时，他都会让着我，宠着我，惯着我。结婚七年了，我们之间依旧有着初恋时的幸福和甜蜜。出门时我会习惯性地挽着他的手臂，走在大街上，他也会习惯性地牵着我的手。一切都只因为习惯。我们享受着这样的温馨和美好。

【点点思雨】

爱情就是这样，“海枯石烂，至死不渝”的誓言未必就是真正的幸福；优越的物质环境也未必能带来精神的快乐。曾经的痛苦只是生活的磨练，只是为了等待那个命中注定的人。有一种爱看似平淡、朴实无华，但随着时间的流逝却愈加浓烈醇香。此生拥有这样一份真爱，是让人幸福的。感谢命运的眷顾，让我做了这样一个幸福的人。

（苏　苗　甘肃省庆城县卅铺小学）

不是爱情的爱情

我憧憬爱情就像鱼儿憧憬着大海，在学业还没结束时，我就规划着金榜题名，事业辉煌，然后等待着甜美的爱情如期而至。但现实是无情的，我的学业失败，所有的美好蓝图都成了泡影。那个黑暗的七月，我终日生活在苦闷与彷徨中，如同行尸走肉一般。我失去了所有的方向，以为学业的失败就注定了所有图腾的毁灭。

那年八月，一顶老式花轿将她抬到家中。在送走了所有的亲朋好友之后。坐在只有我和她的洞房里，竟如在梦中一般。我仿佛掉进了一个巨大的冰洞里，瑟瑟发抖，本能地萌生出一股挣扎的力量。我一个人悄悄地走出家门，来到很远的桥头，桥下的水哗哗地流淌着，不知是欢唱还是悲鸣，我的泪也和流水一样绵绵不绝。那时月黑风高，我感到了前所未有的孤寂，我真想投身于流水之中，一走了之。

这时，母亲和父亲赶来了，抱着我。她也来了，静静地看着我。我感到一家人都在流泪，虽然没有看清父母的面容，但我触摸到了父母的悲伤，感知到了他们心力的交瘁，我的心开始一点点疼痛。生命是父母所赐，我不能再残忍地折磨他们了。那一刻，我放下曾经的向往，回到了和我的想象截然不同的新房里。

在相当长时间的夜里，我都无法摆脱恶梦的纠缠。这时，总是她把我叫醒，轻轻地抚摸，不安地询问，甚至焦急地走动。醒来发现枕边湿了一大片，我知道这不仅仅是我的眼泪，但我总是背过身去不理她。她并没有因为我的冷漠而表现出一丝的不快，总是一如既往地天不亮就起床，扫地、做饭、喂猪、干农活，把家里家外打理得井井有条。

我只是把家当作了一个可以吃饭睡觉的地方，虽然很温暖，但内心排斥。我不愿意接纳眼前这个没有文化的女人，只是把她当作一个招待员。

我后来成为了一名中学教师，工作也不是一帆风顺，无奈时的去处只有那个家。妻子的满心欢喜并没有因我的冷漠而有所改变。她默默地给我做最可口的饭菜，帮我洗成堆的衣服，睡前给我端热热的洗脚水……慢慢地，我的心里有了一丝的感动，内心的叛逆般的坚持也开始一点点地动摇了。

一直自认为铁石心肠的人，竟然一点点地接纳了她，一起平淡地生活着，一天又一天，从来没有因为什么争吵过。我们凡事总是一起担当，一起想办法，度过了生活中的一个又一个坎坷。

现在人到中年了，曾经的忧伤被岁月涤荡，品味出了有人疼爱的幸福。无论世事如何变幻，我们都肩并肩一如继往地前行，风雨同担，并且还将一起走下去，直到白头。

我终于知道，这份不是爱情的感情原来就是爱情。

【点点思雨】

没有哪一片田地像心田那样神奇，那样肥沃，可以随心所欲地播种，可以生长出各种植物，开出各种花朵。但并非所有的种子都能开花结果，并非每次播种都能五谷丰登，譬如爱情。有时，苦心经营的不一定有收获，无心栽种的却可能长久，爱情有时就是无数长夜哭泣后的顿悟。平淡的爱更能长久，就像平缓的河床才是与水的最好的相约相守。爱的神奇在于仿佛命中注定，在于不期而至，在于慢慢的疗伤与愈合，在于能让你从中体会痛苦与快乐。

（祝　贺　安徽省太和县桑营中学）

走出婚姻的阴影

自幼爱花，小院里窗台上到处是我养的花，妈妈笑着唤我“花痴”。

可是，近几年生活的折磨，让我再也无心打理，任花草枯萎，花盆闲置，只剩一盆兰花，形容枯槁，苟延残喘。

那年春天，我终于再也忍不下去了，决绝地结束了痛苦的婚姻，独自带着女儿和那盆兰花，走出了那扇门。

记忆中的那个春天，花落得异常惨烈！

白天，我机械地上着语文课，麻木地做着班主任；到了晚上，各种酸楚便翻江倒海似的涌来，痛彻心扉。无处诉说，唯有流着泪写日记。第二天，红肿着眼睛去上班。短短两个月，我写完了三个厚厚的日记本。

心情压抑到极点时，常常避开众人，去校门外的林荫小道散步。路旁的雏菊开得热闹，可惜，我无心欣赏。

一天，我的课代表悄悄地走进办公室，手心里捧着一朵雏菊，轻声细语地说：“老师，送给你，记住还有我们呢，我们会永远爱你的。”临走又扮了个鬼脸说：“要微笑哦。”原来，细心的孩子把我的黯然神伤尽收眼底。

期末成绩出来了，看着直线下滑的成绩，我一阵愧疚——我的自怨自艾会不会影响孩子们的前程？情感的动荡是成人世界里的事，孩子不可能等我疗好伤再长大。我没有时间也没有资格再低沉下去了……

于是，我擦干泪水，没日没夜地和孩子们泡在一起，做题、跑步、做实验……全力以赴，迎接中考！

第二年夏天，学生们以优异的成绩毕业，而我那盆原本奄奄一息的兰花竟然开枝散叶，日益葱茏。

我又恢复了自己爱花如命的天性。今天买盆栀子花，明天搬回清香木，瓶瓶罐罐都用来养花。花也特别争气，能开花的都如约开放，开得盛大辉煌，能长叶的都长得肥厚硕大，苍翠欲滴。很快，家里、办公室里，放眼望去，窗前花枝，案前草影，十分鲜活。女儿偷偷地告诉姥姥："妈妈真是个'花痴'。"

和我的花草一起成长的，是新一届的学生们，还有我案头越积越厚的书稿、奖状，越来越泛滥的爱，越来越爽朗的笑声。

现在，夜深人静时，我常常南窗凭栏，思考把自己比作哪一种花。我想，也许应该比作那盆兰花吧。曾经无人照料，却也顽强生存，一旦有阳光雨露，便茁壮葳蕤，装扮人间。

如今，婚姻失败的阴云早已散去，我做着快乐的班主任，小心护持着孩子们开花的梦想，写着属于自己的文字，做着喜欢的事，有三五个知己……这样的情景，以前只在梦中。

此刻，猛一抬头，疏影横斜，点点洁白，我的兰花不知何时又开了。

【点点思雨】

泰戈尔说："上帝吻我以痛，要我回报以歌。"张丽均说："上帝吻我以痛，我要回报以歌。"我更喜欢后者。

不热爱生活的班主任，如何教导学生热爱生活？不能直面惨淡人生的班主任，如何带领学生穿越苦难？不能自己制造阳光的班主任，如何温暖孩子的心灵？

上帝不会因为你是班主任，就慷慨地送给你顺风顺水的人生，可是，他实在慷慨啊，他赠与我们苦难和挫折，也赠与我们沉甸甸的责任与顽强的意志。

我常想，此生如若不为人师，或许就不会拥有如此丰富厚实的人生。

（郭美霞　河南省安阳市第五中学）

军功章的一半

“这些年的不容易，我怎能告诉你，有过多少叹息，也有多少挺立……我是军人的妻。”每当听到谭晶的这首《妻子》，作为一名军嫂，我总会百感交集。

也许是缘于对绿色军营的向往，对保家卫国的军人的崇拜，当年，不管好友如何奉劝，我还是毅然选择做一名军嫂。当时心想：两情若是久长时，又岂在朝朝暮暮。但婚后艰苦的分居生活，却远远超出了我的想象和承受能力。

2003 年 5 月 2 日是我终生难忘的日子。那天，我剖宫产。本来约好了的，他会在我生产前赶回来照顾我。于是，我每天腆着大肚子自己打点生活，忙前忙后准备着小孩出生必备的用品。到预产期了，好强的我想着他一定会回来，就没有惊动双方年事已高、身体极差的老人，自己一个人住进了医院。在医院，我左等右等，直到医生说再不动手术，小孩就有生命危险了，还不见他的身影。医生问我：“你丈夫呢？”我含泪答道：“他是军人，执行命令是天职，来不了。”

躺在手术台上，我心中满是埋怨。同病室的其他产妇，都如同众星捧月一般，被亲戚、朋友、爱人等一大堆人围着团团转。而我，形单影只，还得强忍着伤痛硬撑着照顾新生的婴儿，心中那种伤痛比伤口更痛。三天后，我出院回家了，因为过分硬撑，伤口在出院后裂开发炎，我又经历了一次痛苦的煎熬。尽管我渴望有一份关怀，但为了让他在执行任务时不分心，在写给他的信中，我平静地写道：我能行，你放心……娘儿俩都候着你的好消息呢。

儿子出生后，我渐渐被生活磨成了一个铁面陀螺，转动于嗷嗷待哺的孩子、年迈多病的父母和学校繁重的教学工作之间。

2008 年 10 月，他被部队安排到家乡邵阳接新兵。一天半夜，年逾 70 岁的婆婆突然吐血不止，晕倒在厕所。惊恐中的我给近在咫尺的他打电话，可他刚接通就匆匆挂掉了。无奈之下，我只好打 120 护送婆婆去人民医院抢救。这家医院与他所在的武装部仅一墙之隔，可他为了管理已获准入伍整装待发的新兵，竟然没来看望病重的老母一眼，留下我全权护理。第二天，他带着新兵准时重返部队。康复后的婆婆逢人便夸儿媳贤惠，而他也出色地完成了带兵任务。

军嫂不是差人一等的代名词。我把家里大小事务打理得井井有条，教育教学工作上也出类拔萃。每当我被评为先进，被县教育局嘉奖，都会收到不懂浪漫的他寄来的精心编制的一颗“心”，这“心”是用空子弹壳做成的，这沉沉的子弹心盛满了他的情意。

常有人问，嫁给军人，这样艰难，值吗？

我回答：“我无怨无悔！因为丈夫的军功章里也有我的一半啊！”

【点点思雨】

军嫂，一个镶嵌着神圣光环的称呼；军嫂，一个浸透了几多辛酸和艰难的称呼。做女人难，做军嫂更难。花前月下，卿卿我我，你侬我侬，双宿双栖，这些对军嫂来说何等奢侈；侍奉公婆，照料子女，任劳任怨，呕心沥血，这些对军嫂来说又何等平常。

如果说军人是挺立在沙漠中抵御风沙肆虐的胡杨，军嫂就是供给胡杨养分的沃土；如果说军人是乘风破浪护卫海疆的战舰，军嫂就是驱动战舰不断前行的涡轮；如果说军人是保家卫国的钢铁长城，军嫂就是浇铸城墙的滚烫的铁流。

（毛雅文　湖南省邵阳县五峰铺六里桥中学）

我们携手共渡难关

2011 年 5 月 2 日晚，初夏的暖意也无法驱散我和老大内心的刺痛和慌乱，相识五年多来第一次相拥哭泣，无处诉说这份突如其来的噩耗。“肺癌……不是良性……晚期……”哽咽声让我的脑子一下子空了，我无从怀疑一名外科骨干医生的专业。在楼下守着老大，黄昏显得那么漫长。

车库里，无法抑制地抽泣。“老爸回家后情绪极其低落，晚饭后一直呆坐在卧室，也许……”老大心领神会:“我了解他，就说是肺结核吧!”终于，在反复地擦拭眼泪后一起“开心”地上楼了。

一夜未眠!

第二天，厨房的角落里多了一双筷子和一个碗，老爸也不和圆圆亲近了，他一个人躲在卧室。如果因此“剥夺”了老爸的天伦之乐，这是多么残忍的事啊！不管我们用多么专业的知识来解释这种“肺结核”是不会传染的，但是老爸还是将自己“孤立”了起来。

很快联系沪上专家，提前见面请求“帮忙”，穿刺、活检……“‘肺交界性瘤’（不会发生恶性病变），需进行‘预防性’治疗。”一纸证明总算让老爸放下顾虑。我和老大拿出了攒下的二十余万存款:“老爸，费用你就不用操心了。”为了让老爸睡得安稳些，放化疗期间晚上一直睡在家里，我成了“专职司机”，而老大隔三差五地跑到上海，商讨治疗方案。

前半年，老爸的精神状态一直较好。一有空，我们会带着他和圆圆一起到嘉兴的各个小景点走走，品品各知名餐馆的美食。灵芝、冬虫夏草、抗癌专用药物……各种尝试，我们非常满足于在一起的那份幸福。但是由于恶化程度较高，11 月份复查，癌细胞已经扩散，第二疗程的化疗开始。一股惨淡的阴郁笼罩着全家。

没有了花前月下的浪漫，没有了肆无忌惮的笑声……面对着每一天的检查结果默默祈祷！大年初一，老爸正式住院，眼睁睁地看着老爸日渐虚弱——吞咽、排泄等功能丧失……我们在对方憔悴的脸上读到了彼此内心的脆弱和痛楚。夜间、角落，我们用眼泪宣泄内心的不安，也在哭泣之后变得坚强！每天，买菜做饭，磨碎饭菜，通过胃管打到老爸胃里。每天导尿、掏粪……我们更加珍惜和老爸在一起的每分每秒。

2012年4月5日凌晨，老爸永远地离开了我们。在乡下老家，我们在老爸身边守灵，牵着老爸冰冷的手，一如他静静地睡着了一样。

之后的七七四十九天，我每天开车走近两个小时的高速路，早起赶到嘉兴上班，晚上回老家陪婆婆。在披星戴月的奔波里倾泻出的是更为动人的真情。

回首那一年的相依相守，爱情逐渐升华为亲情，婚姻也在坚强的行走中铸就得坚不可摧！

【点点思雨】

作为“80后”，我们30年来一直都在父母的庇护下无忧无虑地生活。经历恋爱的浪漫，感受初为人母人父的幸福，突如其来的家庭变故真的让我们手足无措。生活给了我们残酷的考验，承受亲人离世的过程让我们心力交瘁。世界上最可怕的事情是看着死亡无情地一天天逼近，而我们却无能为力。这相依相守的12个月，也许就叫“相濡以沫”。

当我们携手共渡难关，才懂得执子之手的每一刻都是一首动人的情诗。紧紧握住彼此的手，走完今世、来生。

（李春梅　浙江省嘉兴市实验小学）

病房中的玫瑰

医生查过病房后，你出去吃早餐了。

再进来的时候，你双手背在后面，一脸诡秘的笑。那笑有些不同寻常。

你来到我的病床前，说给我一样东西，然后像变戏法似的变出一支红玫瑰来。

霎时，我的眼睛为之一亮，情绪也为之一震。

那朵玫瑰真的很漂亮：花种粗壮，花瓣饱满，叶片上还带着露珠，花色鲜红似火，就像一张热情的笑脸。

这是结婚十年来，你送我的第一支玫瑰。

十年里，我们有九年是分居两地的。难得有花前月下的卿卿我我，极少有结婚纪念日的经典创意。

女人的骨子里，其实是喜欢浪漫的。尽管我表面上没有向你提出过这方面的要求，但内心里还是渴求的！

在今天这样一个特殊的环境下，你送给我的这份礼物太珍贵，它有着特殊的意义。

从 1 月 7 日第一次走下手术台，时间已经过去了差不多一个半月。我先后接受过两次手术，以至于 2012 年的春节，我们只能在异乡的省城医院度过。

这一个多月所经历的肉体上的折磨，我还能够接受。而精神上的痛苦，让我几近崩溃。因为肠瘘手术的不成功，导致我这一个多月的时间里粒米未沾唇，全靠输液维持。因为营养跟不上，身体恢复得十分缓慢，再次造瘘手术遥遥无期，我不知道接下来的日子该如何熬过去。

本来，20 多天的寒假，有你陪伴在病床左右，是我最开心的日子。你给我读诗，给我讲你们班上学生中发生的趣事，给我讲儿子在家里如何乖巧懂事……你总是想方设法逗我开心，帮助我走出病痛的阴影。可是，春节过后，马上就要开学了，担任高三班主任的你又将离开我，奔赴工作岗位。

我虽然不怪你，但那份失落和担心还是久久挥之不去！

你今天的这一小小的举动，让我感受到了亲情的温暖，爱情的魔力，使我增强了战胜病魔的信心，更加懂得生命的意义。我一定要好好地活下去，为自己，更为你！

我从护士小姐那儿要来了一个输液瓶，装上清水，把玫瑰插在里边，放在床头柜上，时时欣赏。

每天睁开眼睛，看到鲜红似火的花儿，就有一股暖流涌遍全身。然后，信心百倍地迎接新的一天。

我坚持每天为玫瑰换水，我不想让玫瑰过早地枯萎，就像不想让自己的生命之花枯萎一样！

没有你在身边的日子里，有玫瑰陪伴着我，我便不再孤单、寂寞和痛苦。即使这以后长长的一段日子里，我将没有人陪护，一切全靠自己。我从玫瑰花上获得了力量，我会战胜曾经脆弱的自己。老公，请你放心！

【点点思雨】

在婚姻生活中，我们每一个人都在变化。不再炽热，不再优雅，不再幽默……生活一天天归于平淡。虽然生活简单如一日三餐，平淡如一盏清茶，但同样可以天长地久。然而，婚姻生活中还是需要一朵玫瑰的浪漫。不在于创意如何新潮，也不在于场面如何壮观，关键是能否把那份真情向对方表露，能否把那份责任向对方传达。一束并不昂贵的花，一张自制的卡片，一则温馨的短信，一次二人世界的独处，就可以让平淡的生活也生出幸福的波澜。

（刘卫东　湖南省常宁市第一中学）

盛开在心中的百合

刚毕业那几年，对事业和人生充满了憧憬和追求，热情似火，豪气干云。可时间长了，面对越来越严峻的升学形势，越来越难管教的学生，再加上繁杂的家庭琐事，我倦怠了！

倦怠，给心灵带上了一副枷锁，锁住了快乐，锁住了信任，锁住了进取，带来了巨大的危害：儿子在我眼里不再可爱，而被我的粗暴摧残；爱人在我心里不再重要，被我的冷漠伤害；学生也被我的苛责吓得离我越来越远；事业降为职业，仅为糊口；理想成为梦想，永远遥不可及……生活在暗淡之中如水一样流过，快乐之门在我面前轻轻闭拢，爱人和孩子也都成了我倦怠情绪的牺牲品。

时间，就在这倦怠之中不紧不慢地走过，定格在那一年的情人节。这天晚上，正在做饭的我隐隐约约听到有敲门声。凝神细听，不错，是敲门声。是爱人回来了吗？应该不会，他在郑州出差，得好几天呢。况且，即使是他回来了，他有钥匙，来了会自己开门。那会是谁呢？来不及多想，我赶紧把火关小，顾不上解围裙，就小步跑去开门。门打开的那一刻，我惊呆了：一大束雪白的百合花盛开在眼前，却看不见来人的面庞。缕缕清香沁人心脾，那抹炫目的洁白，让我精神为之一振，激动地刚想问是谁，爱人那极具磁性的浑厚的男中音已响在耳际：

“我要开花，是因为我知道自己有美丽的花；我要开花，是为了完成作为一株花的庄严使命；我要开花，是由于自己喜欢以花来证明自己的存在。不管有没有人欣赏，不管你们怎么看我，我都要开花！”是林清玄，是百合花开！

“我是一株百合，不是一株野草。惟一能证明我是百合的办法，就是开出美丽的花朵。”很少追求浪漫的爱人竟然想出这个方法，用百合灵性的洁白告诉我，自己有美丽的花朵，就要勇敢地开放！在爱人深情的目光中，我把脸深深地埋进花束里，用力嗅着百合的清香。我知道，我已经融入这芬芳之中，无处遁逃。

就这样，这株在空旷山谷里默默开放的百合花拨动了我的心弦，它盛开在我的心头，帮我砸破枷锁，解放心灵；帮我重新认识生活，享受生活；帮我重拾自信，奋发进取。这以后，我始终记得爱人送我的百合，也谨记着百合的教导："我要全心全意默默地开花，以花来证明自己的存在。"

于是，我不再指天骂地、怨天尤人，也不再百无聊赖、得过且过，因为我的生活有自己的思想指导着，我的人生有自己热爱的事业充实着，我的家庭有爱人和我共同呵护着。一路走来，尽管尝遍了酸甜苦辣咸诸般滋味，但我不再迷茫，不再倦怠，因为有一株百合正在我的心田纵情绽放，它唤醒了我内心的温柔，让我感受到追求的快乐。

【点点思雨】

弹指一挥间，与爱人已走过18个春秋。如今，蓦然回首，从指间悄悄滑落的，除了如水般清亮的光阴，还有那青草般摇曳着的遥远的回忆。18年里，两个生命相濡以沫共同走过。18年中，更多的是柴米油盐，更多的是平淡如水。也正因为如此，偶尔的一次浪漫总是刻骨铭心。在我事业最艰难、人生最低谷的时候，爱人用百合花重新燃起了我奋斗的激情，也拯救了我们的家庭。一路走来，这束百合花始终盛开在心田，告诉我：盛开，是一种姿态，更是一种幸福！

（刘丽丽　河南省安阳市文峰区宝莲寺一中）

长椅上的诺言

重症监护室的夜，似乎格外配得上夜的称号。虽然置身于大都市彻夜喧哗的层层包裹中，它却依旧坚守了一份独特的静谧。只有昏暗的灯光、雪白的墙壁、空寂的楼道，以及一道玻璃墙之隔的监护室中大大小小的仪器，点缀在我们一家三口的身边——只是，五岁的孩子在病房内，我和妻子在病房外。

白天，为了给孩子输血，我在几栋楼间奔跑了若干个小时。医生一度签下的病危通知书，让我在奔往血库的路途中，只感觉双腿软到几乎无法支撑躯体。好在难关终于闯过，随着夜色一起降临的，是孩子各项生命体征的渐趋正常。

隔着厚厚的玻璃墙，弱小的孩子静静地躺在病床上，全身戴满各种仪器。护士静坐在一边，想着她的心事。我和妻子遵医生之命，守护在监护室外，随时准备应对各种突发情况。

监护室外，唯一可以休息的，是一张木质长椅。一米五左右的长度，四十厘米左右的宽度。椅面由几根木条组成，木条与木条间，是插得下手掌的缝隙。我和妻子先是坐在这张长条椅上，痴痴地望着监护室中的孩子，然后交换着躺在椅子上小睡片刻。

时令已是仲秋，寒凉从无法察觉的角落里一点点侵袭过来，而我们都只穿着单薄的衣服。大约凌晨两三点钟，疲劳和寒冷让我们终于没有力气交替休息了，于是，这张一米五长、四十厘米宽的椅子，便成了我们共同休息的床铺。

突然惊醒时，应该不超过三点半。侧耳静听，一片寂寥，只有妻的呼吸声陪伴着我。凝视着蜷缩在长椅上的妻子，内心突然充满了歉疚与感激。是啊，就是这个女子，这个六年来陪着我度过一个又一个或平常或担惊受怕的日子的女子，用她柔软的肩膀，为我担起了完整的幸福。六年中，她没买过一件超过百元的衣服，没有买过任何首饰，甚至没有下过一次饭馆。这样的女子，我怎能不用一生的时光精心呵护她呢！

那一刻，一个诺言在心底响起：此生此世，对于这个女子，我当不离不弃，视为珍宝！

三天后，孩子从重症监护室移到了普通病房，又住了一周时间，康复出院。随着孩子的身体一起好起来的，还有我们的日子。这以后的十几年，经历了一些风雨，遇到了一些坎坷，每当夫妻间出现一些隔阂时，我便会想到那个夜晚，想起在那条长椅上许下的诺言，想到一份沉甸甸的责任。于是，一切便都复归平和。

至今，妻子也不知道这个在长椅上许下的诺言。我们的生活，依旧随时光静静流淌，极少有风花雪月的浪漫。好在岁月可以苍老容颜，却未曾苍白了这个许诺，我们还有足够的时间，携手慢慢走过未来的路。我坚信，有这个诺言的引领，我们终会将“执子之手，与子偕老”的古老承诺演绎成实实在在的生活。

【点点思雨】

有人说，唯有将爱情升华为亲情，才能让她永远保鲜。这样的道理，我认同。因为爱情总是过分追求获得，亲情则更讲究感恩与奉献。受个性的影响，不同的人经营以及表达爱的方式总是千差万别，但无论采用什么样的方式，至关重要的，是给爱许下一个诺言，附加一份责任。这诺言与责任，不必惊天动地，无需海枯石烂，只要相濡以沫，不离不弃。我以为，与流星的瞬间辉煌相比，日复一日地彼此照亮，才是对心心相印的最佳诠释。

（刘　祥　江苏省仪征中学）

图书在版编目（CIP）数据

班主任婚姻爱情100篇千字妙文／张万祥主编.—上海：华东师范大学出版社，2014.7

ISBN 978-7-5675-2354-8

Ⅰ.①班… Ⅱ.①张… Ⅲ.①随笔—作品集—中国—当代 Ⅳ.①I267.1

中国版本图书馆CIP数据核字（2014）第173129号

大夏书系·全国中小学班主任培训用书

班主任婚姻爱情100篇千字妙文

主　编　张万祥
策划编辑　李永梅
审读编辑　王　悦　周　莉
封面设计　奇文云海·设计顾问
责任印制　殷艳红

出版发行　华东师范大学出版社
社　址　上海市中山北路3663号　邮编　200062
网　址　www.ecnupress.com.cn
电　话　021－60821666　行政传真　021－62572105
客服电话　021－62865537
邮购电话　021－62869887　地址　上海市中山北路3663号华东师范大学校内先锋路口
网　店　http：//hdsdcbs.tmall.com

印 刷 者　北京东君印刷有限公司
开　本　700×1000　16开
插　页　1
印　张　14.5
字　数　190千字
版　次　2015年2月第一版
印　次　2015年2月第一次
印　数　6 100
书　号　ISBN 978－7－5675－2354－8/G·7537
定　价　32.00元

出 版 人　王　焰

（如发现本版图书有印订质量问题，请寄回本社市场部调换或电话021-62865537联系）